Elisa D

La Regina
dei Cupcakes

La Regina dei Cupcakes
I edizione: Maggio 2014
Copyright © 2014 Elisa Della Scala
All rights reserved.

ISBN: 1499671911
ISBN-13: 978-1499671919

elisadellascala@gmail.com
facebook.com/lareginadeicupcakeslibro

Qualsiasi riferimento a fatti o persone reali è puramente casuale.
Alcuni luoghi citati nel romanzo sono frutto di pura fantasia.

La Regina dei Cupcakes

Qualsiasi via è solo una via, e non c'è nessun affronto,
a se stessi o agli altri, nell'abbandonarla,
se questo è ciò che il tuo cuore ti dice di fare.
Esamina ogni via con accuratezza e ponderazione.
Provala tutte le volte che lo ritieni necessario.
Quindi poni a te stesso, a te soltanto,
una domanda: questa via ha un cuore?
Se lo ha, la via è buona.
Se non lo ha, non serve a niente.

- Carlos Castaneda

Non si è mai troppo giovani o troppo vecchi per la conoscenza della felicità. A qualsiasi età è bello occuparsi del benessere dell'anima. Chi sostiene che non è ancora giunto il momento di dedicarsi alla conoscenza di essa, o che ormai è troppo tardi, è come se andasse dicendo che non è ancora il momento di essere felice, o che ormai è passata l'età.

Da giovani come da vecchi è giusto che noi ci dedichiamo a conoscere la felicità. Per sentirci sempre giovani quando saremo avanti con gli anni in virtù del grato ricordo della felicità avuta in passato, e da giovani, irrobustiti in essa, per prepararci a non temere l'avvenire.

Cerchiamo di conoscere allora le cose che fanno la felicità, perché quando essa c'è tutto abbiamo, altrimenti tutto facciamo per averla.

- Epicuro, Lettera sulla felicità

Agro Pontino, dalle origini al 2013

Uno

Quella era una giornata uggiosa. Non che il tempo fosse brutto, anzi, fuori c'era un sole che spaccava le pietre e faceva pure parecchio caldo visto e considerato che erano solo alla fine di maggio; ma per il ragionier Antonio Esposito quella era una giornata uggiosa, come la maggior parte delle sue giornate. E se la stizza avesse avuto una faccia, sarebbe stata sicuramente la sua.
Le tende del salotto ballavano al ritmo di Toquinho e Vinicius de Moraes impostogli dalla donna delle pulizie, armata di una feroce determinazione al buonumore come tutti i lunedì mattina in cui era costretta a mettere piede in quella casa. Nonostante la mole da carpentiere brianzolo, Blanka si aggirava per la stanza come una libellula mentre spolverava canticchiando il suo portoghese inventato. Antonio, incarognito, la seguiva passo passo rimettendo a posto tutti gli oggetti nella loro posizione originaria: le cornici disposte ad arte con i centrini ben stirati e in piccoli gruppi gli odiosi ninnoli lasciati lì da sua moglie Margaret, compresa una collezione spropositata di ditali da cucito in ceramica che lui aveva sempre intimamente detestato, ma che non trascurò di sistemare in una perfetta geometria da esposizione.
Quel ragioniere era fatto così, amava il mondo a

modo suo. Più che un pignolo, era un maniaco ossessivo-compulsivo della precisione. In casa sua non c'era un capello fuori posto, compresi quei pochi che gli rimanevano ancora in testa. I suoi quadri erano appesi alle pareti con perizia, raggruppati in base allo stile pittorico e ordinati con una distanza perfetta tra di loro. Per non parlare dei mobili, dove le sedie parevano direttamente incollate al pavimento attorno al tavolo per quanto gli erano accostate con precisione. Anche se in tutto quel rigore poteva capitare di vedere cose che sfuggivano alle consuete geometrie, cose che ad un occhio poco attento avrebbero potuto sembrare delle scelte approssimative, in realtà nulla era lasciato al caso: persino il disordine era qualcosa di studiato a tavolino, millimetro per millimetro.

E quella villetta dell'Agro Pontino, pretenziosa quanto basta per sottolineare la sua posizione di prestigio nella comunità di circa diecimila anime in cui risiedeva da tutta una vita, era la dimostrazione perfetta della tesi psicologica secondo la quale la casa è la rappresentazione del sé.

Insomma, una noia mortale.

Due

Antonio aveva ereditato dal padre lo Studio Commercialista Esposito, all'epoca un piccolo centro di potere che serviva tutti i paesi del circondario e persino qualche ditta in città. Negli anni più floridi dell'attività quando la buonanima aveva tirato le cuoia e lo aveva fatto erede al cento per cento di quell'impero contabile, il nostro ragioniere era riuscito a espandersi sin nella lontana Inghilterra, dove un paio di compaesani smerciavano spianate romane, pecorini doc e vino Est Est Est.

Col passare del tempo, però, quei clienti *internazionali* se n'erano andati. E non perché nella patria di Elisabetta II mancassero i palati fini, anzi. L'export di prodotti del Bel Paese aveva subito un'impennata storica e continuava a rappresentare un business in crescita. Piuttosto perché i tempi erano cambiati e la sola conoscenza dell'inglese non era più sufficiente a dare all'attività quel *respiro internazionale* che Antonio aveva sognato quando aveva spedito sua figlia a prendere una prestigiosa certificazione contabile a Londra.

Ciò che sarebbe servito, piuttosto, erano la competenza in materia e l'arguzia. Ma nello Studio Commercialista Esposito questi ingredienti scarseggiavano come il sale nella minestra della vecchia Proietti, la sua vicina di casa. Così gli affari erano pressoché colati a picco e adesso, a distanza di quarant'anni dal passaggio dello scettro di padre in figlio, la baracca vivacchiava grazie a quei pochi clienti locali che gli rimanevano.

E dire che la sua avventura contabile il vecchio Patriarca se l'era tirata su dal nulla, pezzo per pezzo tutto da solo. Erano gli inizi degli anni Cinquanta e nonostante non ci fosse una lira in giro, dopo la fine della guerra tanta era la voglia di ricominciare che aveva riempito in poco tempo le pance e le zucche vuote della gente. I contadini del circondario s'erano rimboccati le maniche e convertiti in una miriade di piccole aziende agricole, fiorite in ogni angolo come gli eucalipti piantati per debellare la malaria. E in tutto quel brulicare commerciale la tenuta dei libri contabili si era resa improvvisamente indispensabile. Questa era stata la fortuna del vecchio: i poveri villici passati d'improvviso da un semplice campo di pomidori all'azienda agricola, brancolavano nel buio quando si trattava di avere a che fare con i dettami del Codice Civile. Un tomo indecifrabile su cui, manco a farlo apposta, il baluardo del sapere, il raggio di luce che squarciava il buio dell'ignoranza proletaria era rappresentato dal vecchio Esposito, l'unico nei paraggi ad aver finito gli studi alti.

Preso l'agognato diploma di ragioneria a Roma, infatti, il Patriarca aveva subodorato subito l'affare e si era trasferito in pianta stabile nell'Agro Pontino piuttosto che affrontare la dura concorrenza della Metropoli. Ed essendo dotato, al contrario del figliolo, di un peculiare ossimoro tra un'inclinazione misantropica e una spiccata propensione per le pubbliche relazioni commerciali, aveva in poco tempo creato il suo monopolio di scartoffie.

Il Patriarca ci s'era dedicato anima e corpo allo Studio Commercialista Esposito, tirandolo su con ostinata caparbietà e facendo a pezzi i suoi rivali come un signorotto nel suo feudo. E in soli dieci anni si era rosicchiato una più che ragguardevole fetta di mercato in quel gruppo di paesotti in fervente boom economico, costruendo un piccolo impero contabile che si estendeva nel raggio di ben trenta chilometri in linea d'aria.

Il vecchio Esposito aveva in mano la tenuta dei libri di tutti i negozianti, contadini e piccoli artigiani della zona. Lo conoscevano proprio tutti, il vecchio Esposito, che anche da giovane era sempre stato vecchio. E il giovane Esposito, il nostro Antonio, per uno scherzo crudele del destino si era ritrovato a essere l'unico erede di quel tesoretto familiare.

Fisicamente Antonio era la fotocopia di suo padre, tanto quello era un autoritario che si era imposto persino sulle leggi Darwiniane e non aveva lasciato nemmeno un capello alla discendenza della moglie; ma come carattere i due erano assolutamente diversi, così che il vecchio aveva a disposizione un se stesso in miniatura su cui però non riponeva alcuna fiducia se non quella di mero braccio esecutore. Lo aveva schiaffato a sgobbare nello Studio che era ancora imberbe, e col passare del tempo Antonio aveva dimenticato quando svicolava da dietro scrivania per correre alla serra del Gianni ad apprendere la sua vera passione: la misteriosa arte degli innesti. Tutto ciò succedeva quando ancora nutriva nel cuore una remota speranza di sfuggire alla sua crudele condanna ereditaria.

Invece, succube delle circostanze, quel ragioniere dal pollice verde aveva dovuto capitolare al proprio destino e alla prematura dipartita del vecchio inossidabile si era ritrovato a promettergli solennemente al capezzale che non avrebbe mai e poi mai lasciato estinguere il suo feudo e che, anzi, avrebbe con fervore cercato di far splendere ancora più fulgido l'astro dello Studio Commercialista Esposito nella galassia contabile dell'Agro Pontino.

'La nostra stirpe è destinata a imprese eccezionali!' aveva profetato il Patriarca esalando l'ultimo respiro con il pugno chiuso alzato a stento.

All'anagrafe gli aveva appioppato il nome e cognome più banali d'Italia. Non sapeva quanti Antonio Esposito ci fossero stati alla sua nascita, ma da una recente ricerca gli risultava che l'elenco telefonico ne annoverasse 1199 lui compreso, ben duecentoquarantatré in più di Mario Rossi.

E allora, se è vero che il destino è scritto nel nome, come poteva sperare quello che il suo unico erede avrebbe compiuto imprese eccezionali?

Tre

Il giorno in cui il vecchio era schiattato oltre allo Studio Commercialista Esposito il ragioniere aveva ereditato anche la sua Cinquecento rossa fiammante. Suo padre era stato il primo in paese a comprarsene una, ma tanta era la sfiducia nelle capacità del figliolo che non gli aveva mai nemmeno dato il permesso di ingranare la prima, e le chiavi se l'era tenute così strette che se l'era portate dritte dritte nella tomba.

La sera del funerale aveva dovuto forzare la portiera e manomettere i cavi pur di portare quella dannata automobile a fare finalmente una bella tirata di marce: prima, seconda, terza e quarta a tutto gas fino a schiantarsi di proposito contro uno degli allora giovani pini marittimi della Pontina.

Antonio aveva spergiurato a se stesso che nonostante quella promessa strappata in punto di morte non sarebbe mai e poi mai diventato come suo padre. Così, anche se con quella nefandezza per poco non ci aveva rimesso la pelle, nel momento fatale aveva dipinto in volto un sorriso feroce, fiero di avergliela quasi distrutta.

Al ritorno se l'era fatta tutta a piedi, ben dieci chilometri doloranti nel buio delle campagne fino a casa. Ma, passo dopo passo, la pupilla scintillante che aveva durante il botto era stata offuscata da una pioggia di lacrime amare. Lacrime che avrebbero segnato la fine dei suoi sogni nella serra del Gianni e l'inizio della sua prigionia nel maledetto Studio Commercialista Esposito.

Il suo libro preferito era "Il deserto dei Tartari" di Dino Buzzati e, guarda caso, lui era l'incarnazione perfetta del tenente Drogo. Quella sera in cui aveva distrutto la Cinquecento aveva allo stesso modo pensato di scappare dalla sua personale Fortezza Bastiani, di rimboccarsi le maniche e di prendere la strada della sua passione. Ma era bastato giusto il tempo di una notte per dissolvere i suoi sogni, come le stelle al mattino. Solamente a distanza di poche ore quel suo guizzo di rivalsa gli era sembrato già inconsistente, un sogno malandato in una notte di febbrile e inutile ribellione. E il giorno seguente si era fatto accompagnare dal meccanico del paese a recuperare la Cinquecento. Definitivamente convinto che sì, aveva fatto proprio una stronzata, e che in onore della lodevole memoria di quel gran lavoratore di suo padre l'avrebbe rimessa in piedi pezzo per pezzo e riportata all'antico splendore.

Con l'andare degli anni il ragionier Antonio Esposito aveva preso una cura maniacale sia di quell'automobile che dello Studio Commercialista Esposito, e della passione che aveva iniziato a coltivare nella serra del Gianni non gli rimaneva che un segreto e folle amore per le piante, che sfogava nei ritagli di tempo sul suo salotto e sul suo giardinetto. In fin dei conti era stato più facile così: al posto di una scommessa su un avvenire d'innesti tutto da costruire, si era ritrovato un futuro certo e preconfezionato senza dover lottare per farsi strada nella vita. Ma ciò che aveva ricevuto in cambio aveva coperto il suo animo di strati e strati di amarezza, che avevano formato la sua scorza dura e le evidenti rughe di espressione tra le sopracciglia aggrottate.

E, sebbene non avesse mai brillato per simpatia e buon umore, con gli anni si era progressivamente trasformato in peggio. Per usare una perifrasi della sua attuale professione, questa perdita durevole di valore della sua passione aveva reso il ragioniere talmente pieno di amarezza, che ormai lui non si rendeva più nemmeno conto del caro prezzo che aveva pagato rinunciando deliberatamente ai suoi sogni.

Quattro

'Può spegnere questa maledetta musica?'
Toquinho imperversava a tutto volume costringendolo quasi a urlare per sovrastare i decibel di quella voce melodiosa. Il ragioniere era un tipo di poche parole e quando qualcosa gli usciva dal becco aveva per lo più il sapore di un ordine, che dettava con un tono di voce vagamente collerico sforzandosi di non superare mai il limite delle buone maniere anche se dentro di sé ribolliva costantemente un senso di fastidio profondo.

A prescindere dalla defezione di sua moglie, Antonio Esposito era sempre stato un uomo solo. E non tanto per amore della solitudine, quanto per un'indisposizione generalizzata nei confronti del genere umano, un'astiosità le cui radici erano talmente lontane da far pensare che lui fosse semplicemente fatto così: nient'altro che un banale misantropo.

Negli ultimi dieci anni questo suo malanimo era andato drasticamente peggiorando, così che rifuggiva come la peste gli eventi conviviali e quando vi era suo malgrado costretto si piazzava in un angolo ad osservare a debita distanza l'interazione tra gli altri membri della sua specie, senza parlare con nessuno. Cosa che non gli era per nulla difficile, visto che le sue uscite mordaci erano piuttosto rinomate. Antonio era uso ricorrere spesso e volentieri al fratello crudele dell'ironia, il sarcasmo, e chi lo conosceva bene preferiva girare alla larga piuttosto che intavolare una conversazione con lui per ritrovarsi infine obbligato a sorbire la sua imprescindibile dose di acredine.

Così, non avendo intorno nessun essere umano che si potesse definire amico, il suo mondo era racchiuso in una burbera routine di vecchio solitario.

'Ragionier Esposito?'
'Che c'è?'
'Il telefono. Sta squillando da tutta la mattina, non lo sente?'
'Sì che lo sento, non sono ancora sordo! Lo lasci pure squillare.'
'L'annaffiatoio è pronto in salotto. Io qui devo rifare la stanza.'
'Va bene, mi levo dai piedi.'
Il ragioniere stava dando un'ultima snasata furtiva prima di richiudere la crema da notte quando Blanka gli era sbucata alle spalle senza preavviso, cogliendolo in flagrante nel suo piccolo vizietto quotidiano: la Cera di Cupra.
L'unica debolezza che Antonio Esposito aveva nei confronti del suo matrimonio fallito era l'odore dolciastro di quella crema, nel cui barattolo custodiva segretamente la memoria olfattiva della sua consorte. Era il bollente agosto del settanta quando aveva incontrato quell'algida ragazza londinese sul litorale romano, e in un tempo record se l'era portata all'altare tramutando la sua vacanza estiva in una prigionia trentennale nell'Agro Pontino.

A parte i primi tempi di conquista la loro unione si era rivelata di una piattezza sconcertante, roba che il Regno Unito al confronto era costellato di picchi come l'Appennino Centrale; portando chiunque li conoscesse alla facile considerazione che persino i cervi avessero una vita amorosa migliore della loro, corna comprese.

Probabilmente era per questo che dieci anni prima Margaret aveva preso la palla al balzo e l'aveva piantato di punto in bianco in un agitato lunedì pomeriggio, anche se Antonio non si era mai addentrato in così sottili esami di coscienza. E tanta era stata la fretta di tagliare la corda che aveva lasciato tutto lì senza tornare a prendere nulla, nemmeno un paio di mutande, compresa la famosa Cera di Cupra.

Il ragioniere era intimamente convinto di preferire la solitudine a vita piuttosto che tornare con quella donna d'acciaio inox peggio della Thatcher. Ma quello che gli mancava tremendamente erano i riti e la quotidianità che si erano instaurati in quei trent'anni di matrimonio, quel guscio coniugale che era il suo perimetro quotidiano. Lui era un dannato abitudinario e adattarsi a quel cambiamento epocale non gli era stato per niente facile. Così lo stratagemma che aveva escogitato per superare l'impasse era quel suo piccolo vizietto, e dormiva con la Cera di Cupra aperta sul comodino in modo che quell'odore dolciastro nella notte lo facesse sentire come se non fosse mai arrivato nulla a sconquassare il suo basico ritmo di vita di tutti i giorni.

Cinque

Quella non era una buona giornata anche perché era un lunedì, e ciò che indisponeva il ragioniere era il dover ricominciare da capo la settimana portandosi ancora sullo stomaco il peso weekend. Sì perché, al contrario dei comuni mortali, Antonio il sabato e la domenica non li poteva proprio digerire. Soprattutto la domenica quando le strade erano deserte, le saracinesche sprangate e in quel buco di paese si fermava qualsiasi cosa ad eccezione dello Studio Commercialista Esposito, che grazie a lui continuava a macinare numeri e scartoffie in un'incessante attività sette giorni su sette. Tutto solo dentro quelle quattro mura e senza nemmeno la speranza di un caffè al bar, il ragioniere si rodeva il fegato mentre s'immolava alla causa del Patriarca rendendosi invariabilmente conto di quanto il suo unico dipendente fosse un buono a nulla.

Otto anni or sono, quando ormai era chiaro che non avrebbe potuto contare sulla sua stirpe per il passaggio dello scettro contabile, si era rassegnato a schiaffare dentro lo Studio quel *dottore* fresco di laurea. Un po' perché doveva un favore a una lontana parente di sua madre, un po' perché il circondario non aveva niente di meglio da offrire.

Ma di fronte alla carriera galoppante che gli aveva prospettato, il dottor Lotito non aveva perso tempo a rivelarsi per quello che era, un brocco, superando di gran lunga tutte le sue peggiori aspettative. D'altronde, chi con un briciolo di ambizione e una laurea in economia e commercio avrebbe sognato di andare a finire in quel posto dimenticato da Dio?

Così ogni fine-settimana il ragioniere si barricava nello Studio Commercialista Esposito a controllare di nascosto il lavoro del suo stipendiato, alternando stati di sadismo a frustrazione estrema.

Ogni volta che metteva piede lì dentro gli si torcevano le budella in uno sconforto misto a stizza e disgusto alla vista di tutte quelle scartoffie che formavano pile alte come l'Himalaya sulla scrivania del dottor Lotito. Cime insormontabili per quell'imbecille ma, quel che era peggio, montagne infestate da guazzabugli di errori. Tutto lavoro terribilmente arretrato che lui sarebbe stato costretto a sbrigare sacramentando tra i denti, mentre il resto del mondo si godeva il meritato riposo.

Non che Antonio Esposito fosse un luminare della contabilità, intendiamoci. Lui i numeri non ce li aveva nel sangue come il Patriarca, a lui nelle vene scorreva la linfa verde delle sue piante. Ma complice il tempo, l'applicazione e la tenacia era arrivato a masticarli piuttosto bene. Sicuramente molto meglio di Lotito, che ormai era assodato non avesse alcuno di questi punti a suo favore.

Il ragioniere non faceva altro che compiangersi di questa sua triste condizione di re senza eredi. Ah, se solo sua figlia non fosse stata il ramo secco dell'albero genealogico lui avrebbe potuto godere di una vecchiaia tranquilla, quella serena vecchiaia che la buonanima non aveva raggiunto essendo schiattato di lavoro nel fior fiore degli anni produttivi. Questo si crogiolava a pensare tutte le volte che si rinchiudeva tra quelle quattro mura per un intero fine-settimana di passione.

Tutte balle, la realtà era da un'altra parte: come in una manifestazione da manuale della Sindrome di Stoccolma, col tempo Antonio Esposito si era *innamorato* a tal punto del suo carceriere che ormai non gli rimaneva praticamente nulla al di fuori di quello, dal momento che aveva tarpato le ali alla sua passione per la botanica e l'aveva svilita a un mero hobby casalingo. Col risultato che il suo salotto era diventato l'unico trionfo del suo pollice verde.

Pieno di vasi com'era, quel soggiorno sembrava una lussureggiante distesa tropicale. Vi facevano bella mostra di sé le più svariate specie che lui curava personalmente non delegando niente a nessuno, nemmeno l'innaffiatura. Né alla moglie prima, né tantomeno a Blanka adesso.

L'aspetto più interessante della questione erano i lunghi monologhi che avviava ogni volta che si trovava solo con le sue piante, da fervente sostenitore della teoria secondo la quale il dialogo con il vegetale ne favorisce la fotosintesi clorofilliana. Come se non bastasse, anni prima era venuto a sapere che il Principe Charles era solito accarezzare la sua flora con dolcezza, in una sorta di fito-stimolazione che a sua detta rendeva il fogliame splendente più di qualsiasi altro spray lucidante in commercio. Così, sebbene dopo la fuga della sua consorte fosse diventato un convinto anglo-fobico, Antonio non aveva smesso di accompagnare quei suoi verdi monologhi alla tenera pratica dello sfregamento botanico. Ed evidentemente quella profilassi funzionava davvero, perché il suo operato non aveva niente da invidiare ai parchi di Sua Maestà la Regina di Inghilterra.

Finalmente il ragioniere era solo in compagnia dei suoi amati vegetali e se non ci fosse stato quel nefasto squillo in sottofondo sarebbe stato tutto perfetto. Ma anche se il telefono andava avanti a suonare senza tregua lui continuava imperterrito a ignorarlo, tenendo ferma la concentrazione sul dialogo e sulla frizione delle foglie. Sapeva benissimo chi c'era dall'altro capo del filo, e non aveva la benché minima intenzione di rispondere. Questo pensava mentre controllava compiaciuto la consistenza soda del tronchetto della felicità e staccava delicatamente qualche fogliolina ingiallita dal ficus beniamina, finché un rumore di porta sbattuta al piano di sopra riuscì a spezzare definitivamente il suo idillio botanico.

'Scusa cara, torno subito.'

Si congedò a malincuore e salì le scale con un feroce disappunto dipinto in volto mentre, ignara di tutto, Blanka borbottava tra sé e sé spolverando la camera di Viola con la sua solita grazia.

La stanza di sua figlia era rimasta tale e quale come lei l'aveva lasciata quando era partita per la famosa certificazione contabile a Londra, e l'unica differenza tra l'allora e l'adesso stava nel fatto che ogni singolo oggetto era rotto e rincollato.

Il ragioniere si bloccò sulla soglia e appuntò sulla domestica uno dei suoi sguardi peggiori.

'Cosa ci fa qui dentro? Le ho detto mille volte di non pulire questa stanza!'.

Blanka avrebbe voluto filare via senza emettere un suono ma proprio non ce la faceva a stare zitta. Così sospirò un *Oh, Signor!* e, per quanto fosse religiosa, condì la frase aggiungendo un'esclamazione non propriamente ecumenica, mentre sgusciava con la sua solita agilità verso ciò che le rimaneva da fare per la mattinata.

Antonio la seguì con lo sguardo, disgustato; quindi rimase solo lì dentro, insieme all'eco delle parole della telefonata di sua figlia riflesse in ognuno degli oggetti rincollati che lo circondavano. Quella era stata l'ultima volta che l'aveva sentita, esattamente dieci anni prima, dopodiché si era sempre rifiutato di parlarle. Lei era il ramo secco dell'albero genealogico, e i rami secchi vanno recisi.

Chioma fulva a parte, anche Viola come suo padre era una specie di miniatura femminile del vecchio. Solo che, a differenza sua, quella ragazzina era una tipa coriacea e non si era piegata alla dura legge ereditaria della famiglia Esposito.

Quando dieci anni prima era successo il fattaccio lui ci aveva rimuginato e rimuginato sopra: ah, se solo avesse colto in tempo i segnali dell'acciaio inox della discendenza della moglie e li avesse piegati ad arte, a quell'ora la sua creatura non lo avrebbe fregato. Ma Viola era stata maledettamente scaltra: gli era sembrata docile, e invece solo alla fine si era amaramente reso conto che non aveva mai capito cosa le passasse per la testa. Col risultato che lui aveva speso un mare di soldi per quella diseredata, e lei lo aveva ripagato a quel modo!

Anche Antonio quando era giovane aveva pensato che quest'asse ereditario della famiglia Esposito fosse tremendamente ingiusto. Lui avrebbe voluto lavorare nella serra del Gianni, visto che il suo pollice era di un verde che più verde non si può e con le piante si sentiva un po' come San Francesco con gli animali, dotato di una naturale attitudine ai miracoli vegetali.

Gli innesti lo affascinavano, un'antica e genuina arte da demiurgo che non aveva niente a che vedere con la moderna manipolazione genetica. Negli innesti ci voleva la dedizione di preparare e la pazienza di aspettare i frutti. L'uomo suggeriva e la natura comandava, ed era sempre pronta a stupirti o a lasciarti deluso. E, non da ultimo, la sua perizia dava risultati spesso sorprendenti nonostante fosse praticamente un autodidatta, dal momento che le nozioni dispensategli dal Gianni erano poco più che quelle di un contadino.

Ma di tutta questa sua innata attitudine alla botanica che ne pensava il Patriarca? Mentre il suo mentore non perdeva occasione di alimentare il fuoco della sua passione con parole piene di encomio di fronte ai suoi successi, e

'Ragazzo, tu sì che hai il *dono*!' gli diceva pieno di ammirazione ogni volta che un innesto attecchiva per il verso giusto

'Con le piante ci si riempie solo le mani di terra' faceva da controcanto sarcastico il vecchio a quelle lusinghe, fintanto che in punto di morte gli aveva appioppato lo Studio Commercialista Esposito e lui aveva dovuto obbedire al suo volere.

Invece sua figlia lo aveva tradito: anziché tornare a casa con una certificazione in tasca se n'era rimasta a Londra dietro ai suoi grilli per la testa, costringendolo a ripiegare su quel miserevole di Lotito. Bella riconoscenza, dopo una vita spesa a sacrificarsi per dare un futuro alla sua famiglia! Antonio mise con stizza l'ultima cornicetta da adolescente in linea con il bordo della mensola, e sacramentando tra i denti scese di nuovo tra le sue amate piante.

Sei

Il ragioniere sembrava una solitaria nuvolaccia nera in quel cielo azzurro d'inizio estate. Era uscito da casa con un cipiglio battagliero, pregustando la settimanale filippica che avrebbe inflitto al suo sottoposto non appena avesse messo piede nello Studio Commercialista Esposito.

Manco dovesse partire per l'America, chiuse la porta a doppia mandata sistemando col piede lo zerbino in modo che fosse perfettamente dritto.

'Buongiorno dottore!'

Qualunque disposizione d'animo avesse, quel rudere della sua vicina di casa lo salutava allegra come se fosse la persona più affabile del mondo.

Anche questa volta sfoggiò un immancabile sorriso a tutta dentiera e Antonio, al suo solito, simulò un'ostentata indifferenza. La vecchia Proietti gli aveva sempre ricordato una prugna secca. Come il Patriarca anche lei era una di quelle persone che sembravano non avere mai avuto una gioventù, come se fosse nata già avvizzita e vedova e si fosse fermata negli anni in quel suo aspetto inossidabile.

'Non sono dottore, tutt'al più infermiere!' le rispose riciclando una vecchia battuta che era solito fare tanto per sottolineare con falsa modestia che lui la laurea non se l'era mai presa.

E pensare che al vecchio glielo aveva pure fatto credere, che un giorno sarebbe diventato *dottore*.

Quello era schiattato convinto che il figliolo fosse a un passo dalla tesi e avviato verso una carriera di successo, quando invece Antonio aveva dato appena una manciata di esami in cinque anni. La contabilità lo annoiava a morte all'epoca, durante gli anni dell'Università studiava ancora gli innesti con inaudita passione. Ma questo il Patriarca non doveva saperlo, e fortunatamente per lui era morto prima di accorgersi che il suo futuro dottore in realtà non era destinato ad altro che a essere un ragioniere, e tale sarebbe rimasto per tutta la vita.

'Senta dottore, ce l'ha un momentino?
Venga a dare un'occhiata qui, a questo cespuglio.'

Antonio era solito mettere mano anche al giardino della Proietti per evitare che le piante di quell'anziana signora diventassero raggrinzite tanto quanto lei. Così, anche stavolta non riuscì a trattenersi dal dispensarle una fugace consulenza botanica.

'Veramente sarei di fretta, che c'è che non va?'

'Ecco, guardi. Si ricorda che me l'ha potato lei a febbraio? Beh, ci deve essere qualcosa che non va.

Gli altri sono tutti già con le gemme, e questo qui sembra che stenti un pochino.'

Il ragioniere diede una rapida occhiata professionale al povero arbusto, che per la verità era ridotto più che altro a un cumulo di rami secchi. Si chinò su se stesso per compiere una più approfondita analisi del fusto e, non contento, raccolse una manciata di terra che annusò con aria da esperto; quindi insieme al referto medico-legale restituì al mittente uno sguardo pieno di rimprovero.

'Non stenta, cara la mia signora Proietti, questo qui è andato. Clinicamente morto. Secco, come la gola di un beduino.'

A quelle parole la vecchia si era portata istintivamente una mano sul petto.

'Morto? Oh Gesù Santo! Sarà stata la potatura?' esclamò accorata.

'La potatura? La *mia* potatura? Vuole scherzare? Glielo dico io cos'è: quello là, ecco cos'è!'

Antonio puntò il dito accusatore contro un cane di piccola taglia che si godeva il tiepido sole d'inizio estate sotto un altro cespuglio. Per tutta risposta, il simpatico bastardo gli restituì un 'Bau' ed una scodinzolata amichevole.

'Guardi! Guardi qui!'

Il ragioniere, tracotante di rabbia, si era chinato nuovamente ai piedi di quel cumulo di rami secchi.

'Le vede queste ferite? Qui, sul tronco! E la terra, lo sa di cosa profuma questa terra? Sembra una latrina! Tragga lei le sue conclusioni.'

'Oh no!' la signora Proietti si voltò verso il suo amato botolo, continuando a tenere la mano sul cuore.

'Oh sì! Eccome! Clinicamente morto, glielo ripeto. Questa è la dura e cruda diagnosi. Spiacente, ma non ho altro aggiungere.'

'Ma, forse, si può fare qualcosa..'

Emesso lo spietato verdetto, il ragioniere si era incamminato verso il garage sotto lo sguardo attonito e contrito di quella povera vecchia. Si voltò a guardarla e non riuscì a trattenersi dallo sputare l'ultimo guizzo di veleno.

'Senta signora Proietti, questa non è la prima volta che succede. E la sa una cosa?

Mi dispiace ma non sono più disposto a mettere mano a quelle povere creature puntualmente distrutte dalla sua bestia insensibile.'

Si girò di nuovo verso il garage e incominciò ad armeggiare con la serratura.

All'interno lo aspettava la Cinquecento, che inondata da un raggio di sole mattutino era ancora più lucida e fiammante del solito. Fece per aprire la portiera, ma poi tornò indietro sui suoi passi.

La signora Proietti era ancora lì, rigida come una cariatide vicino al suo arbusto agonizzante. In fin dei conti quella vecchia gli faceva pena, e lui non era così cattivo come poteva sembrare.

'E va bene' borbottò tra i denti.

'Più tardi penserò a un rimedio. Ma tenga d'occhio quell'Attila, altrimenti davvero non so se in futuro sarò più disposto..'

'Grazie dottore, grazie infinite! Lo sapevo che potevo contare su di lei. Faccia una buona giornata!'

Antonio grugnì qualcosa entrando in macchina, si assicurò che la portiera fosse perfettamente chiusa e poi ingranò la retromarcia non trascurando di dare una sistemata agli specchietti retrovisori prima di partire; quindi sparì in direzione dello Studio Commercialista Esposito.

Sette

Faceva un caldo bestiale in quella giornata di fine maggio. Talmente caldo che Fiammetta, la burrosa segretaria dello Studio Commercialista Esposito nonché generosa moglie del dottor Lotito, era stata costretta a tenere tutte le finestre spalancate sin dalle nove del mattino.
'Se inizia già con quest'afa io fino ad agosto proprio non resisto!' commentava al telefono, sventagliandosi con una fattura e buttando un occhio distratto alla strada.
Negli anni passati a quella scrivania aveva affinato l'arte della conversazione inutile in maniera sorprendente e poiché dal suo punto di vista non aveva molto altro da fare, amava consumare le sue giornate lavorative in lunghe chiacchierate telefoniche con chiunque avesse la fortuna di ritrovarsi a rispondere all'altro capo del filo. Che fosse la madre, un'amica o un numero sbagliato, quella segretaria era talmente abile a trovare i più svariati argomenti di conversazione che da una parola qualsiasi sviluppava un eccezionale monologo di ore e ore ai danni del povero interlocutore, oltre che a quelli della bolletta telefonica. Una di quelle persone talmente logorroiche che non si accorgeva nemmeno di parlare da sola.
Lo studio si trovava al primo piano e la sua stanza dava proprio sull'entrata davanti alla quale

Antonio Esposito era solito lasciare la macchina. Fiammetta vide con la coda dell'occhio la Cinquecento accostare, e con una manovra da manuale parcheggiarsi perfettamente in linea con il marciapiede. Quindi ne uscì il ragioniere, che le sembrò ancora più incarognito del solito.

Antonio Esposito non amava i cani. Per la precisione erano in cima alla sua personale classifica d'intolleranza nei confronti degli esseri viventi e, dal canto loro, quei quadrupedi non si facevano mai mancare l'occasione di ricambiargli il favore: non c'era giorno che uno di loro non gli pisciasse sul parafango della Cinquecento, così com'era puntualmente successo non appena si era diretto verso il portone d'ingresso dello Studio.

'Senti devo attaccare, è arrivato. Se mi vede al telefono mi fa le solite storie, lo sai quanto è tirchio il vecchio. Ti richiamo dopo!'

Fiammetta mollò la cornetta rovente e sistemò tatticamente la sua scrivania, sparpagliando le carte in modo da dargli un aspetto un po' più indaffarato. Si aggiustò i folti capelli ricci e neri e digrignò i denti nello specchietto da borsetta, tanto per assicurarsi che non ci fossero residui del cappuccino e cornetto. Quindi si fece trovare placida mentre eseguiva i ritocchi finali, così che il ragioniere entrò nella stanza e la colse intenta a sistemare ad arte le fatture in una pila ordinata.

'Buongiorno dottore!' gli disse sfoderando un sorriso smagliante.

Non lo sopportava proprio, quel vecchio inacidito, ma era lui che le pagava lo stipendio. E la cosa migliore che potesse fare era cercare di tenerselo buono.

Antonio stava per fare la sua solita battuta, ma ci rinunciò all'istante. Al suo posto grugnì semplicemente un 'Buongiorno' e tirò avanti.

'Ho provato a telefonare, strada facendo, ma era sempre occupato.'

Non era vero, ma lui conosceva sin troppo bene le abitudini malsane della sua segretaria. Per tutta risposta quella lì gli restituì un'occhiata candida, senza controbattere. Imperturbabile.

'Non abusi il telefono. E' in studio il dottor Lotito?'

'Certo. E dove vuole che sia?'

'E si attenga semplicemente alla risposta, per cortesia.'

Quella donna subdola non gli era mai andata a genio. Qualche anno prima era stato convinto a piazzarla lì come segretaria col risultato che adesso nel libro paga dello Studio Commercialista Esposito figuravano entrambi i coniugi Lotito e questa cosa qui lo urticava da morire, visto che aveva la costante sensazione che quell'infida coppia non vedesse l'ora di sfuggire al suo controllo per impossessarsi dell'impero del Patriarca.

Ma, storica antipatia personale a parte, quello era sicuramente il peggiore lunedì mattina degli ultimi sei mesi. La settimana seguente avrebbero dovuto consegnare i conti dell'Iva alla Canova, l'unico cliente importante (e pagante) che gli rimaneva. E nel fine-settimana lui aveva invariabilmente scoperto che i calcoli erano tutti da rifare. Già ci si era messo un grave errore nella redazione del bilancio annuale che aveva incrinato i rapporti di fiducia e reso traballante l'incarico. Sbagliare con loro una seconda volta sarebbe stato fatale: un suicidio in piena regola.

Antonio temporeggiò dentro la stanza della segretaria cercando di acquisire una disposizione un tantino più zen, in modo da colpire al meglio il suo sottoposto con la ramanzina che stava per infliggergli.

'La calma è la virtù dei forti' ripeteva mentalmente.

Ovviamente Lotito non poteva e non doveva immaginare che lui controllava di nascosto il suo lavoro. In questo gioco crudele il ragioniere provava un sadico piacere, spingendo nell'angolo quel *dottore* a forza di sottili domandine che lo costringevano infine ad ammettere il suo immancabile ritardo e incompetenza nel lavoro. Così, anche questa volta lo avrebbe stritolato con la pazienza di un pitone in un interrogatorio sempre più serrato, pungolandolo finché quello lì non avrebbe spontaneamente ammesso le sue mancanze. E poi, una volta smascherato, gli avrebbe attaccato la perfida filippica che teneva in caldo da tutto il fine-settimana.

Stava preparando la sua inquisizione quando l'occhio gli cadde sulla coppia di povere felci agonizzanti che giacevano in un angolo accanto alla porta. Le guardò con disappunto, constatando come avessero ancora poche speranze di vita.

'Solo una volta la settimana l'acqua a queste felci, glie l'ho già detto. Non lo vede che sono ubriache?' sbottò stizzito verso la segretaria.

Poi alzò lo sguardo lungo la parete e notò appeso al muro un gruppetto di cornicette Ikea di dubbio gusto, rese ancora più raccapriccianti dal soggetto ritratto nelle fotografie. Si trattava di una mostra canina, dove un pitbull di grossa taglia bucava l'obiettivo esibendo con evidente orgoglio la sua coccarda di vincitore.

'Cosa ci fanno queste fotografie qui? Le avevo detto di farle sparire, o sbaglio?'

'Davvero? Le ha appese mio marito l'altro giorno, tanto per dare un po' di colore alla stanza. Non sono deliziose? E' il nostro cane, sa? E' femmina, si chiama Laika come la cagnetta spaziale, ha presente? E' di razza, ha vinto un sacco di premi. Sono così orgogliosa di lei. Non è una bellezza?'

Antonio inarcò un sopracciglio, pensieroso. Guardò la segretaria e poi di nuovo le fotografie, e notò disgustato quanto quel molossoide pur senza ricci assomigliasse in modo sorprendente alla sua padrona.

'Lo sa cosa diceva Toussenel? Diceva: *In principio Dio creò l'uomo. Poi vedendolo così debole gli donò il cane.*'

'E chi sarebbe questo *Tunnel*?'

'*Toussenel*. Un anglo-fobico. Le faccia sparire, per cortesia. Sono orribili.'

Otto

Il dottor Lotito giaceva alla sua scrivania sepolto dietro alla solita montagna di carte, esattamente la stessa che il ragionier Antonio Esposito aveva finito di scalare a sua insaputa la sera prima. Quello era un lunedì, e puntuale come la morte la vecchia carogna sarebbe piombata lì dentro a fargli il solito liscio e busso.

Che ci doveva fare lui? Era colpa sua se gli affari andavano male? Se non fosse stato per la zia Teresina a quest'ora si sarebbe trovato sicuramente in un posto migliore. Persino il call center della Vodafone gli sarebbe andato bene, come quei suoi compagni di corso che all'epoca aveva etichettato come dei falliti. Avrebbe iniziato da lì e magari avrebbe fatto carriera, o forse no. A ragion veduta, però, cosa importava? Comunque sia sarebbe stato a Roma, invece che rinchiuso tra quelle quattro mura in quel buco di culo di paese. Manco a dire che il vecchio li ricoprisse d'oro, lui e sua moglie, quello era più tirchio di Zio Paperone!

Non era passata nemmeno mezza giornata che il fine-settimana gli sembrava già un ricordo lontano. Il lunedì era una faticaccia tremenda già di suo, poi ci si mettevano pure i conti dell'Iva della Canova.

Quei fogliacci pieni zeppi di numeri languivano aperti sulla sua scrivania sotto alla tazza vuota del cappuccino, un intricato brulicare di errori in cui si era inesorabilmente perso da una settimana a quella parte. Lui non c'era portato per i conti, lui aveva una specializzazione in marketing con una tesi sulla Costa Crociere. Quello lì sarebbe stato il suo destino: il marketing.

E invece se n'era colato tutto a picco come la Concordia quando fresco fresco di laurea s'era stufato quasi subito di mandare curriculum a vuoto, e su suggerimento della zia Teresina aveva messo piede per la prima volta in quel maledetto Studio Commercialista Esposito.

Quando rimpiangeva quei giorni beati in cui aveva ancora tutta la vita davanti, a ripensarci si sentiva sfigato come un animale estinto. Erano bei tempi quelli, altro che i conti della Canova!

Il dottor Lotito guardava quei fogli ed era come se guardasse il vuoto. Era come se quelle righe incominciassero a ondeggiare come il mare sotto la sua personale Concordia, si aprissero e lasciassero intravedere la scrivania: lo scoglio in cui s'imbatteva tutti i santi giorni. E sotto quel pesante legno di mogano il nulla, il vuoto cosmico della sua mente che si assopiva in una patologica narcolessia mentre un tenero raggio di sole gli coccolava le spalle e lui s'illudeva di essere ancora nella pigra domenica pomeriggio. O magari, che il perfido vecchio avrebbe finalmente avuto un qualche attacco letale e non sarebbe più apparso a tormentarlo.

Bastò un attimo di cedimento che Lotito era già avvinto tra le braccia di Morfeo, talmente andato che nemmeno lo squillo insistente del telefono riuscì a destarlo. Tanto meno i tacchi delle scarpe del vecchio ragioniere, che avanzavano imperiosi in direzione della sua scrivania.

Antonio Esposito non scorgeva il suo stipendiato, ma riconosceva l'Himalaya della sera prima e sapeva benissimo che quel buono a nulla era sepolto lì dietro, intento in chissà quale disdicevole occupazione. Si fermò a mezza strada a guardare quello scenario desolante, ed infine decise di dare un segno della sua presenza. Schiarì esageratamente la voce, e tirò con la punta del piede una pallina da tennis macilenta in direzione delle gambe immobili di Lotito.

'Non mi dica che tenete la bestia qui dentro, voi due.' disse a volume sostenuto.

Colpito in pieno stinco, il dottore si rianimò talmente di colpo che sembrava non avesse mai chiuso occhio. Con un salto acrobatico sbucò fuori dalla sua montagna di carte e si precipitò a recuperare la pallina da tennis, mentre cercava allo stesso tempo di assumere un tono di voce estremamente sveglio e gioviale.

'Buongiorno dottor Esposito! Non l'avevo proprio sentita, sa? Ero così concentrato! Allora, come andiamo? Il cane? Ma scherza, dottore? Ci mancherebbe!'

Lotito sorrideva al suo aguzzino, mentre con la sinistra cercava di occultare la pallina nella tasca dei pantaloni e lasciava penzolare la destra nel vuoto in attesa che il vecchio ragioniere gliela stringesse in segno di saluto.

'E' che vado a tennis, in pausa pranzo.. Ho iniziato da poco, da una settimana..'

'In pausa pranzo..' sottolineò Antonio, mentre procedeva oltre come un signorotto nel suo feudo.

'Comunque, il dottore è *lei* caro il mio Lotito.

Purtroppo io sono solo un misero ragioniere; ma, a ragione (e mi perdoni il gioco di parole), i conti li so fare *io*, eccome! E *lei*? Come andiamo con le scadenze, *dottore*? Mi aggiorni, mi aggiorni. Per cortesia. Sa, alla mia età il calendario a volte sfugge.'

Il dottore era ripiombato verso la scrivania, e ci si era piazzato di nuovo dietro con la stessa agilità con cui ne era sbucato. Con *nonchalance* da attore consumato aveva sepolto i conti della Canova sotto un'altra pratica meno ostica che intendeva usare per sviare momentaneamente l'argomento, e si accingeva a mettere in scena l'efficace commedia che si era preparato quella mattina al bar per evitare l'ennesima tiritera sulle proprie mancanze non sapendo in realtà di essere stato già colto in castagna due giorni or sono.

'Dottore, ma come fa ad avere questa memoria di ferro? Ci arrivassi io alla sua età così!'

Quest'incipit untuoso e retorico gli fece ribollire il sangue, così stavolta il ragioniere tagliò corto e arrivò subito al sodo.

'Caro il mio Lotito, quando la smetterà di attribuirmi meriti che non mi sono mai guadagnato? Le ho già detto che non sono dottore, io. E, comunque, prima di arrivare alla mia età veda di arrivare al punto. Già che ci siamo, che mi dice della Canova? Si sono fatti sentire? Mi sembra che di solito questo periodo dell'anno sia un po' caldo per loro, o sbaglio? Non vorrei che dopo quell'errorino sul bilancio a febbraio pensino che lo Studio Commercialista Esposito sia inaffidabile.'

'Dottore, anzi ragioniere (mi scusi), lei mi stupisce sempre!'

Lotito aveva riattaccato a blaterare, credendo che il vecchio avesse finalmente mangiato la foglia. Mica si rendeva conto, lui, di quello che stava pensando Antonio Esposito mentre guardava fuori dalla finestra.

Quel Lotito era proprio una bestia, un mangiapane a ufo. Altro che mangiare la foglia, questo pensava il vecchio ragioniere mentre ascoltava quelle argomentazioni sempre più evasive. A breve c'era il serio rischio che la baracca andasse gambe all'aria, e si sarebbero trovati tutti in mezzo a una strada: lui, quell'inetto e quella bovina di sua moglie. Quella settimana era l'ultimo tempo utile che gli rimaneva per non far rivoltare il Patriarca nella tomba come un girarrosto impazzito, poiché se in una settimana non fossero riusciti a giungere a capo della cosa lo Studio Commercialista Esposito forse avrebbe chiuso i battenti per sempre. E ciò che gli bruciava di più era che per la prima volta in quarant'anni quei maledetti numeri della Canova nemmeno lui era riuscito sistemarli, così che ora erano sull'orlo della tragedia.

E tutto ciò per quale motivo?

Qualche giorno prima gli era successa una cosa davvero inaspettata. Si era messo in testa di riordinare per l'ennesima volta la soffitta dove teneva tutti cimeli della famiglia Esposito. Tale e quale suo padre, Antonio era un accumulatore: non buttava via nulla, nemmeno un barattolo di salsa vuoto. In quella soffitta si poteva trovare di tutto, un vero e proprio negozio di antiquariato che scorreva l'albero genealogico di generazione in generazione, dalle pagelle delle elementari della buonanima ai giocattoli vecchi della figlia.

Fatto sta che mentre accatastava e catalogava con ordine tutto quel cumulo di memorie familiari si era imbattuto per caso nei suoi vecchi tomi di botanica, quelli che gli aveva regalato il Gianni ai tempi della serra. Era una vita che non ci pensava più, ai suoi innesti: dal famoso giorno della distruzione della Cinquecento li aveva relegati a forza in un angolo della mente per far posto ai numeri dello Studio Commercialista Esposito. Invece, quel pomeriggio in un inusitato slancio nostalgico aveva perso tempo a sfogliare i suoi vecchi libri, e dopo un paio d'ore di accanita lettura come San Paolo sulla strada di Damasco era stato anche lui folgorato da un'illuminazione: il *Mace*. Se prima di lui avevano fatto il *Mapo*, ossia il mandarino e il pompelmo, lui avrebbe fatto il *Mace*: il mandarino e il cedro!

Più ci pensava e si documentava su quei tomi accarezzando l'idea, più riattizzava il fuoco all'antico fervore della sua passione. Ci sarebbe voluto del tempo prima di vedere i risultati, ma quel ragioniere dal pollice verde ne sapeva abbastanza per esserne sicuro: un mandarino e un cedro si sarebbero abbracciati con voluttà sotto la sua incisione, e alla prima fioritura avrebbe visto sbocciare il dolce frutto del suo lavoro. Un paio d'ore dopo ne era fermamente convinto: grazie a quell'illuminazione geniale si sarebbe guadagnato una pagina su Wikipedia, e pure nell'enciclopedia botanica Zanichelli!

Reso improvvisamente cieco alla contabilità da quella folgorazione nella soffitta, aveva rispolverato i vecchi arnesi e riprovato per la prima volta dopo tanti anni ad innestare. Esattamente come

San Paolo, si era perso per le strade della botanica nei tre giorni intensi che ne erano seguiti, spendendo tutte le sue energie per combinare un mandarino con un cedro; e già dall'inizio quello prometteva di essere un lavoro a dir poco miracoloso, come se il suo tocco da San Francesco dei vegetali non lo avesse mai abbandonato.

Il *Mace* però gli aveva impedito di stare con il solito fiato sul collo a quello smidollato di Lotito, col risultato che un sabato e una domenica non erano ovviamente bastati a trovare il bandolo della matassa di una settimana di errori.

Ah, se solo ci fosse stata Viola lì dentro, a quest'ora avrebbe potuto dedicarsi in santa pace alla sua passione che rifioriva dirompente dopo essere stata tristemente recisa ancora prima di sbocciare. Invece, la diretta responsabile del declino dello Studio Commercialista Esposito si trovava a Londra, lontana milleduecento chilometri e dieci anni dai conti della Canova. Povero Patriarca, era come se lo avesse ammazzato per la seconda volta quel giorno di dieci anni fa. Ma tanto, a quella che glie ne fregava? Manco l'aveva mai conosciuto suo nonno, lei.

Antonio se ne stava davanti alla finestra con le mani conserte dietro la schiena, incarognito a guardare uno spettacolo che aveva ben poco da offrire se non quelle quattro desolate stradine di quartiere, in quel punto nero di un millimetro di diametro sulla cartina geografica che era la sua cittadella da diecimila abitanti. In sottofondo, il telefono suonava insistentemente unendosi al frinire delle cicale. Si voltò verso il dottor Lotito e l'incenerì con una delle sue occhiatacce, alzando leggermente il braccio in un imperioso segno di tacere.

'Caro il mio dottor Lotito, non dubito affatto che lei ci stia lavorando. Il problema è il *come*. Da quando l'ho lasciata qui dentro le ho dato carta bianca, lei è libero di fare il bello e il cattivo tempo, o sbaglio? Però, vede, ho la vaga sensa-zione che i clienti stiano sparendo come neve al sole. Si ricorda quell'errorino sul bilancio della Canova, a febbraio? Io mi ero fidato di lei. Mi dica, posso fidarmi anche questa volta con l'Iva?

Ah Lotito, Lotito. E pensare che mio padre questo studio se l'era tirato su tutto da solo, pezzo per pezzo, e lei s'è ritrovato il posto di lavoro bello pronto, fiorente! Un signor posto, e senza dover fare il minimo sforzo. Sa cosa sono i sacrifici, caro il mio dottore? Lo sa?

No, lei indubbiamente non lo sa e non si rende minimamente conto della fortuna che ha avuto. E le dirò di più: lei, caro il mio dottore, sta dando un calcio a cotanta fortuna. Questo studio fiorente me lo sta portando in rovina, come quelle povere felci agonizzanti di sua moglie. Se solo avessi avuto un degno erede, sa che fine faceva lei?

Sa quanti *dottori* come lei ci sono in mezzo alla strada, oggigiorno?'

Nove

Il ragionier Antonio Esposito aveva rotto gli argini, ormai era un fiume in piena. Era talmente infervorato nell'arringa e inebriato dalle sue stesse parole, che nemmeno gli importava se il dottor Lotito lo stesse ascoltando o meno.
Pontificava contemplando quelle agrumacee stitiche dalla dubbia potatura piantate ai bordi della strada, sentendosi a tratti terribilmente in colpa con il Patriarca quando il suo pensiero deviava sul *Mace* invece di spremersi sullo Studio Commercialista Esposito.
Ma era più forte di lui. Da una settimana a quella parte aveva assaporato di nuovo il frutto del suo amore per gli innesti ed era ripiombato dritto dritto nel suo peccato originale. La passione non la si può mica contenere, pensava da una parte, esattamente come il cappero che, capace di attecchire sulla pietra, s'insinua nelle crepe dei muri infestandoli fin persino a spaccarli; ma dall'altra sapeva bene che questo non doveva assolutamente permetterlo, e al fiorire di quei pensieri botanici spostava lo sguardo dalle agrumacee alla Cinquecento rossa fiammante, nella speranza che la memoria del vecchio Patriarca lo riportasse sulla retta via.
Gli aveva fatto una promessa solenne, sul letto di morte, e per quarant'anni si era auto-convinto che il suo pollice verde potesse benissimo sfogarsi nel

confine del suo salotto e del suo giardino, o al massimo in quello della vecchia Proietti. Aveva avuto ragione il vecchio a dirgli che la serra del Gianni e gli innesti non lo avrebbero portato da nessuna parte, per forza doveva essere così giacché ci aveva speso la vita per quello Studio Commercialista Esposito. Impossibile vacillare proprio ora, dopo tanti sacrifici e in un frangente così delicato.

Il dottor Lotito, all'oscuro dei conflitti interiori che si agitavano nel suo carnefice, aspettava con ansia la fine di quella filippica ingannando il tempo come meglio poteva. Beato lui che era ancora bambino dentro, pensava, lui che ancora si sorprendeva dell'effetto ottico della matita che si piega tra il pollice e l'indice. Glielo diceva sempre sua moglie che non sarebbe diventato mai e poi mai un animo indurito come quello del vecchio Paperone. Aveva una vita semplice, senza nessuna pretesa, è vero. E va bene, ammettiamo pure che fosse un incapace nel suo lavoro, ma cosa gli importava? Almeno aveva Fiammetta, e Laika. Non come quello lì, che non aveva un cane.

Il telefono aveva improvvisamente smesso di suonare ma nessuno se n'era accorto, dato che la voce monotona di Antonio Esposito occupava prepotentemente l'intero spettro acustico da più di un quarto d'ora facendo zittire pure le cicale.

'Sa che le dico, caro il mio Lotito?' aveva riattaccato, dopo una brevissima pausa.

Finché Fiammetta entrò all'improvviso nella stanza senza nemmeno bussare. E, cosa peggiore di tutte, lo interruppe a un passo dalla fine della sua arringa.

'Mi scusi dottore.'

'Non lo vede che sto parlando?'

Antonio la fulminò con lo sguardo. Grazie a quell'interruzione avrebbe perso il filo e, una volta perso il filo, la filippica che stava facendo avrebbe perso tutta la sua efficacia. Già la situazione gli stava sfuggendo di mano, se poi avesse mostrato anche solo il minimo segno di cedimento quelle due sanguisughe lo avrebbero attaccato alla giugulare. Erano assetati del suo sangue, non aspettavano altro che mettere le mani su quel che restava del feudo.

Basta, ci voleva polso! Tanto per incominciare, avrebbe inflitto all'esuberanza di quella segretaria inopportuna una punizione esemplare: il mese seguente avrebbe richiesto i tabulati alla Telecom e le avrebbe addebitato tutte le sue costosissime telefonate.

'C'è una persona al telefono per lei, è importante.'
'Chi è?' ruggì stizzito fino al midollo.
'Sua figlia Viola'.

Il ragioniere diventò improvvisamente paonazzo. L'eco della sua predica era scomparso all'istante per fare posto a uno spesso silenzio, calato sulla stanza come la quiete quando si ritira il rombo del tuono subito prima dello scrosciare della tempesta.

Fiammetta rimase immobile, improvvisamente conscia della gravità della nefandezza che aveva appena compiuto. In un momento le passarono di fronte il suo appuntamento dal parrucchiere del sabato successivo, il vestito che aveva lasciato ad accorciare dalla sarta e il ristorante di pesce a Terracina che suo marito aveva prenotato per festeggiare il loro anniversario di matrimonio.

Le passò davanti pure il brillocco che sperava che

le arrivasse per l'occasione, anche se non lo aveva ancora visto. E tutte queste cose sembrarono polverizzarsi di fronte alla consapevolezza che forse questa volta il vecchio davvero li avrebbe cacciati a pedate, lei e quel buono a nulla che si era sposata.

Dal canto suo il dottor Lotito assisteva alla scena raggelato, accasciato sulla sua sedia a lottare invano contro la narcolessia patologica. Tanta era la paura che quella scena gli sembrava già annegata in un sogno, distante come se non gli appartenesse. E, allo stesso tempo, aveva troppo timore del vecchio anche solo per guardargli le punte dei piedi. Non riusciva ovviamente ad attribuire nessuna colpa all'innocenza della moglie, non gli sfiorava nemmeno l'anticamera del cervello che quella sua burrosa creatura lo avesse fatto apposta.

Antonio Esposito cercò di misurare il tono della voce ma la sua pressione arteriosa era schizzata a più di duecento nel giro di pochi secondi, col risultato che scagliò addosso alla sua segretaria ogni singola parola come se fosse una pietra tombale.

'Le avevo detto che non avrei mai risposto a *quelle* telefonate. Non ricorda?'

'Sì, lo so.. Ma.. Ma sembrava così preoccupata. Mi ha detto che.. era importante..'

Fiammetta si aggrappò alla speranza di una tragedia familiare di dimensioni epocali, anche se non gli veniva in mente niente di più grave della morte del Patriarca per quel vecchio dal cuore di pietra. Ripiegò allora sulla probabilità di un colpo apoplettico, un ascesso d'ira che gli avrebbe fatto scoppiare le coronarie una volta per tutte.

Qualsiasi cosa, pur di ritrovarsi indenne alla fine della buriana.

'Davvero. Credo che sia importante.' aggiunse con un filo di voce, prima che il ragioniere uscisse dalla stanza sbattendo sonoramente la porta.

Londra, dal 2013 in poi

Dieci

'Impossibile' aveva sentenziato lapidario appena qualche minuto prima di chiudere in tragedia la conversazione telefonica con sua figlia. Invece, nonostante fosse un sabato mattina, al posto di sgobbare sull'Iva della Canova Antonio Esposito si trovava a vagare nell'aeroporto di London Heathrow.

Quel famoso lunedì nero di una settimana prima era letteralmente uscito dalla grazia di Dio. Sua figlia si era permessa di fargli notare che lo Studio Commercialista Esposito era a un passo dalla fine e che lei aveva fatto proprio la scelta giusta a piantarlo in asso dieci anni or sono, per non parlare delle insinuazioni sul suo rapporto di sudditanza con il Patriarca. E Antonio non avrebbe potuto chiudere la telefonata in un modo peggiore, facendo piovere l'apparecchio dalla finestra. Era la prima volta che si abbandonava a un gesto talmente irrazionale e, assistito dalla fortuna del principiante, aveva fatto un centro perfetto nel parabrezza della Cinquecento.

Gli prudevano le mani come non gli succedeva da un decennio a quella parte, aveva il fiato corto e scendendo le scale gli era addirittura venuto un mezzo mancamento. Così, tanto per precauzione, si era rifugiato nella farmacia di fronte allo Studio a farsi dare una controllatina.

La dottoressa Pellecchia gli aveva misurato la

pressione e il suo primo pensiero era stato
'Qui ci scappa il morto!' seguito a ruota dal fatto che si era dimenticata di pagare l'ultima rata dell'assicurazione del negozio e la sfiga, si sa, ci vede sempre almeno due diottrie in più della fortuna. Così lo aveva sequestrato nel retrobottega per una mezz'ora buona, facendogli trangugiare fiori di Bach finché la minima non era ritornata a un accettabile valore a due cifre.

Con la seconda telefonata Viola lo aveva finalmente informato senza tanti preamboli del vero motivo per il quale lo stava cercando insistentemente da due giorni: Margaret si trovava ricoverata nel reparto ortopedia dell'Homerton Hospital di Londra, vittima di un incidente stradale. Un investimento, un fatale attimo di distrazione mentre attraversava la strada.

'Fortuna che l'ambulanza che l'ha messa sotto era vuota.'

Antonio inarcò un sopracciglio. Sua moglie era stata sempre fortunata, in primo luogo a incontrare lui, ma proprio come quel buono a nulla di Lotito anche Margaret aveva dato un calcio alla fortuna quando lo aveva mollato per tornare in Inghilterra.

'Ecco, lo vedi? Se fosse rimasta qui non le sarebbe successo nulla: in Italia abbiamo la guida a destra, come è giusto che sia!' sputò fuori con immancabile sarcasmo, formulando all'istante una sua personale interpretazione della giustizia divina.

'Guarda che non c'è molto da scherzare. Questa è una cosa seria, serissima!'

Il botto era stato grosso e Margaret aveva la veneranda età di settantaquattro anni, entrambe considerazioni più che ragionevoli per convincerlo a volare oltremanica a toccare con mano la situazione.

Ecco spiegata la ragione per cui Antonio Esposito si trovava all'aeroporto, nonostante avesse spergiurato dieci anni prima che sua moglie e sua figlia non le avrebbe riviste mai più.

Indossava uno dei suoi completi migliori e portava con sé un piccolo trolley nero, un insieme che lo faceva sembrare un attempato commesso viaggiatore. Per il ragioniere quella non era la prima volta a Londra: circa trent'anni prima, quando ancora aveva all'attivo nel suo portafoglio di clienti gli esportatori di caciotte, da bravo signorotto del suo feudo era andato a controllare di persona i suoi *possedimenti* oltremanica. Per questa ragione, nonostante adesso vagasse sperduto alla ricerca dell'ingresso della metropolitana, era abbastanza sicuro di essere padrone della città e di cavarsela benissimo anche senza l'aiuto di nessuno.

Aveva intenzione di sbrigare la faccenda il prima possibile: sarebbe andato in ospedale nel pomeriggio per poi ripartire subito all'alba del giorno dopo, almeno avrebbe avuto tutta la domenica disponibile per ricontrollare i preziosissimi conti della Canova che il lunedì successivo avrebbero deciso la sorte del feudo.

Di vedere sua figlia non se ne parlava nemmeno.

'Senti, visto che ti fermi per la notte che ne dici se ceniamo insieme? Ti andrebbe? E' così tanto che non ci vediamo.'

'Se è tanto che non ci vediamo ci sarà un motivo! No, non mi sembra il caso.'

Ma, complice quel suo carattere di acciaio inox, Viola era riuscita a strappargli lo stesso un appuntamento per le otto da *Malafemmena*. Uno dei migliori ristoranti italiani, a sua detta; un nome che mai sarebbe potuto essere più azzeccato, date le circostanze.

In cuor suo Antonio era preoccupato da Margaret: Viola gliel'aveva dipinta davvero brutta la situazione. Forse aveva ragione lei, ormai era il caso che discutessero insieme del futuro di sua moglie. Comunque sia, era difficile vincere l'orgoglio e superare un muro di dieci anni. Per questo sin da quando aveva fatto la valigia aveva preso tutta la faccenda con un piglio meramente esecutivo. E anche adesso mentre vagava per London Heathrow cercava di non pensare troppo all'incontro del pomeriggio, meno che mai all'appuntamento di quella sera.

Dopo dieci minuti che girava a vuoto scovò l'ingresso della metropolitana, ma invece che finirci dentro si ritrovò all'uscita dell'aeroporto. Poco male, poiché proprio davanti a lui c'era un utilissimo cartellone con la piantina della città e le indicazioni per i mezzi pubblici. Tirò fuori dalla tasca il prezioso biglietto con l'indirizzo dell'albergo e si piazzò lì davanti a studiare il percorso, infastidito da un ragazzotto che gli si era piantato dietro alle spalle e pretendeva di consultare anche lui la mappa da quella posizione. Come se non bastasse, il tipo portava al guinzaglio un odioso barboncino con tanto di spolverino primaverile alla Sherlock Holmes.

Quello lì gli stava proprio col fiato sul collo, la quintessenza del fastidio fatta persona. Antonio cacciò in tasca stizzito il suo prezioso biglietto e si girò a somministrargli un'occhiataccia di disappunto. Per tutta risposta, il barboncino alla

Sherlock Holmes alzò la zampetta e fece scivolare all'insaputa dei presenti un silenzioso e caldo rivolo di pipì sul suo trolley, un bel centro nella tasca esterna. Quindi entrambi, cane e padrone, lo lasciarono finalmente in pace.

Lui scrollò le spalle e si aggiustò la giacca com'era solito fare in una sorta di tic nervoso ogni volta che era convinto della decisione maturata. Risoluto, si avviò verso l'interno dell'aeroporto dove imboccò finalmente l'entrata della metropolitana.

Fino a quel momento era filato tutto liscio come l'olio, pensava mentre contava le fermate pressato tra tutti gli altri passeggeri e appeso al sostegno del vagone come una spianata romana. Se non fosse stato per quella sensazione claustrofobica e quel vago olezzo di urina che sentiva provenire da dietro di lui, sarebbe stato quasi soddisfatto di come stavano andando le cose.

Doveva scendere alla fermata successiva e, anche se erano appena partiti da quella precedente, nell'indignazione generale si mise a sgomitare per raggiungere le porte. Sperava proprio che fosse una cosa seria quest'incidente di Margaret, sennò avrebbe torto il collo a sua figlia come non aveva potuto fare quando lo aveva piantato in asso dieci anni prima.

Sì perché anche se durante la settimana precedente era riuscito a quadrare i maledetti conti della Canova con un incredibile sprint contabile, non era poi così sicuro che Lotito non li avesse accidentalmente manomessi in quella mezza giornata di venerdì in cui lo aveva lasciato solo. Quel *dottore* era capace di tutto, anche senza volerlo: un ricettacolo d'insensatezza, una vera e propria calamità naturale. Per questo aveva portato con sé gli originali da presentare al cliente e se li teneva al sicuro nella tasca esterna del trolley, a portata di mano in qualsiasi momento avesse voluto dargli una controllatina.

Già che c'era ci avrebbe passato anche la notte a riesaminarli per benino. Dopo ciò che era successo con la redazione del bilancio annuale, la prudenza non era mai troppa con quell'impiastro di Lotito. Il lunedì successivo dovevano essere impeccabili: se sbagliavano anche quella volta sarebbe andato tutto in malora e il Patriarca lo avrebbe scomunicato dall'oltretomba, ne era più che certo. Allora lui avrebbe potuto tranquillamente appendersi con un bel cappio al suo *Mace* innestato di fresco e farla finita, pur di non assistere al triste epilogo del feudo.

Antonio uscì allo scoperto e fu accolto da una pioggerellina fastidiosa che lavò all'istante quelle macabre considerazioni per far posto al suo proverbiale malumore. Un bollettino mortuario è sicuramente più allegro del meteo londinese, pensò tanto per restare in tema. Cosa ci trovassero quelle due donne a vivere in un tale focolaio di reumatismi proprio non se lo spiegava.

Si riparò sotto pensilina dell'autobus per attrezzarsi di piantina della città: si era portato da casa una vecchia mappa pieghevole che aveva scovato in soffitta, un cimelio risalente alla sua perlustrazione di trent'anni addietro. Parte di un'edizione speciale del Touring Club, era datata 1982. Tanto le mappe non scadono mica, si era detto. E allora, perché sperperare denaro inutilmente quando quella lì sarebbe andata benissimo?

Cercò di aprirla con una sola mano, giacché non aveva alcuna intenzione di mollare il suo prezioso trolley in balia dei malintenzionati. Ma quando era a un passo dalla vittoria la cartina si lacerò miseramente in quattro, fiondandosi nella pozzanghera ai suoi piedi.

Antonio emise un grugnito d'indignazione mentre si chinava fulmineamente cercando di salvare il salvabile. Ma quel contorsionismo servì solo a recuperarne tre quarti, oltre che a provocargli una tremenda fitta alla sciatica. Così cacciò in tasca con rabbia le spoglie della sua mappa tascabile Touring Club 1982 e buttò un occhio alla piantina di dimensioni cubitali appesa alla fermata del bus. A quanto capì il suo albergo doveva essere proprio a un paio di traverse di fronte a lui. Scrollò la giacca sulle spalle non mancando di dargli una bella tirata secca dal fondo, e s'incamminò a passo deciso in quella direzione.

Undici

L'*Hotel Stonehenge* era dichiarato ben tre stelle, ma quando ci mise piede si rivelò poco più che una stamberga. La sua stanza sembrava una scatola di fiammiferi e il bagno era ricavato da un'intercapedine nel muro. Il letto matrimoniale poi, ficcato a ridosso della finestra, era in realtà una misera piazza e mezzo. Sollevò il materasso per controllare la rete, e saggiando quel giaciglio considerò l'ipotesi di passare la notte all'addiaccio piuttosto che stenderci sopra le membra. Per non parlare dell'igiene, davvero dubbia dato che anche lì avvertiva il fastidioso olezzo di urina che lo aveva perseguitato sin dalla metropolitana.

Se l'era fatto prenotare in fretta e furia da Fiammetta quell'*Hotel Stonehenge*, raccomandandosi di trovare un giusto equilibrio tra i costi e i benefici. E dalle immagini del sito internet aveva tutta l'aria di esserlo, ma ora che ci si ritrovava dentro era sicuro che fosse un altro tiro mancino di quella segretaria bovina. Non le bastavano le disgrazie che gli aveva procurato passandogli la telefonata di sua figlia, il sadismo di quella donna non conosceva confini. Oltre a richiedere i tabulati alla Telecom, al suo ritorno le avrebbe decurtato dallo stipendio anche la spesa per un nuovo apparecchio telefonico e la riparazione del parabrezza della Cinquecento. Se lo meritava, quella strega, e che non gli venisse a dire che non c'era stato del dolo nella sua azione. Le avrebbe volentieri addebitato pure il costo di quel viaggio, ma non aveva ancora trovato il modo adatto per giustificarlo. Quella storia dell'ambulanza vuota puzzava di bruciato lontano un chilometro, però Margaret si trovava ricoverata all'ospedale e questo era inconfutabile. Non gli restava altro che vedere quel che sarebbe successo nel pomeriggio.

Cercò di calmarsi tirando fuori le sue cose e disponendole sul letto nello stesso ordine in cui erano ficcate nel minuscolo trolley, una quantità impressionante di roba rispetto alle dimensioni di quel bagaglio che nemmeno il più esperto giocatore di Tetris avrebbe saputo incastrare così sapientemente.

Per ultima cosa tirò fuori i documenti della Canova e li appoggiò religiosamente sul comodino. Erano vagamente umidi, probabilmente quella valigia non era poi così impermeabile come gliel'avevano garantita al Centro Commerciale.

'Farabutti, come tutti i negozianti!' grugnì.

Erano bastate solo due gocce di pioggia per inzuppare la tasca esterna manco fosse un colabrodo. Conservava ancora lo scontrino, e al ritorno sarebbe andato in quella bottega a pretendere un risarcimento, morale e materiale; anche perché l'umidità asciugandosi aveva creato una brutta chiazza giallognola proprio sul frontespizio, e quelle copertine finemente serigrafate con il logo dello Studio Commercialista Esposito costavano un occhio della testa. Ricordò che Blanka era solita smacchiare i tessuti col borotalco, a sua detta un rimedio universale. Così si ripromise di comprarne un barattolo per rimediare alla bell'e meglio a quel disastro. Possibile che la buonanima del Patriarca avesse già incominciato a tirargli un qualche anatema per quella digressione londinese?

A ben guardare non è che le cose fossero filate poi tanto lisce fino a quel momento. Che dire dell'impresa per trovare quel maledetto posto: sembrava così vicino, e invece ci aveva messo una vita per arrivarci. Punto primo, perché aveva perso chissà dove il prezioso foglietto con tutte le indicazioni del viaggio, indirizzo compreso.

Secondo, perché nonostante il suo inglese non fosse del tutto arrugginito gli autoctoni si erano dimostrati alquanto ostili nei suoi confronti.

'Dove si trova l'*Hotel Stone Henge*, please?'

Per fortuna ricordava almeno il nome, ma il primo tipo che gli era capitato a tiro aveva fatto finta di non capire e aveva tirato dritto bofonchiando qualcosa in dialetto, ne era sicuro, visto che lui non ci aveva capito un'acca. Col secondo era andata leggermente meglio, almeno avevano totalizzato quasi un intero minuto di conversazione civile, ma senza comunque cavarne un ragno dal buco. La terza era una signora col passeggino, che stavolta Antonio placcò senza tanti preamboli.

'*Hotel Stone Henge*, please!' disse andando dritto al sodo.

E quella lì, oltre a dargli delle scrupolosissime e complicate spiegazioni, gli propinò un pilotino micidiale sul fatto che *Stonehenge* si pronunciava come una parola sola ed era per questo che nessuno lo aveva capito prima di lei.

'Io lavoro con gli stranieri all'ufficio immigrazione, e troppe ne ho sentite di queste cose. Ci sono abituata agli errori di pronuncia, sa? Poverini, purtroppo la nostra lingua sembra facile ma non lo è per niente!' aveva detto guardandolo con occhio compassionevole, mentre la sua tenera creatura urlava indisturbata fracassandogli i timpani senza pietà.

Il ragioniere inarcò un sopracciglio e si congedò cercando di mascherare la stizza. Che gli inglesi non facessero per lui lo sapeva già per esperienza diretta, ma questa qui era talmente urticante che sarebbe stata capace di battere anche sua moglie.

Dodici

Antonio sedeva al piano superiore del 242, diretto verso l'Homerton Hospital. Tutto intirizzito nel suo completo primaverile, sognava la doccia calda che aveva fatto giusto prima di uscire dall'albergo. Fuori pioveva a secchiate e i finestrini erano appannati manco fosse stato pieno inverno. Il suo vestito delle occasioni era tutto sciupacchiato, e nei mocassini i piedi gelati facevano il bagno in un acquitrino delle proporzioni dell'Agro Pontino prima della bonifica. Insomma, un vero e proprio disastro.
Come se non fosse abbastanza tutta quella sofferenza, l'autobus era infestato da una puzza infernale che gli ricordava l'odiosa minestra di verze andate a male della vedova Proietti. Le abitudini alimentari inglesi erano dal suo punto di vista a dir poco stravaganti. Non si capacitava di come quella gente fosse usa mangiare a qualsiasi ora e in qualsiasi posto si trovasse: un popolo di ruminanti non stop, ventiquattro ore su ventiquattro. In quel momento almeno il cinquanta per cento dei passeggeri masticava qualcosa nonostante fossero le tre del pomeriggio, quindi assolutamente al di fuori dell'orario canonico dei pasti. E proprio alla sua destra si trovava la fonte di quel fetore micidiale: una giovinastra dai capelli improbabili

che suggeva rumorosamente la sua zuppa da un grosso bicchiere di cartone.

Antonio era un convinto carnivoro appassionato della costata, e rifuggiva come la peste ogni sorta di pietanza in cui fossero contemplate le verdure. Così ogni volta che la sua vecchia dirimpettaia preparava i suoi intrugli, lui era costretto a tappare le finestre per evitare l'invasione dei nefasti effluvi di ortaggi bolliti, e in qualunque stagione dell'anno si trovassero scatenava immancabilmente una guerriglia alimentare mettendo sottovento il barbecue in giardino, così che mentre abbrustoliva le sue divine costate l'anziana erbivora sarebbe stata colpita in pieno dai fumi succulenti della sua brace. Colpita e affondata, e magari si sarebbe finalmente decisa ad abbandonare quelle abitudini vegetariane.

Antonio portò il fazzoletto alla bocca con un gesto plateale, sperando che quella giovane molesta si girasse verso di lui e cogliesse tutto il suo disgusto dipinto in volto. Ma la signorina si godeva paciosa la sua zuppa come se non ci fosse un domani, così si rassegnò a sopportare quella via crucis olfattiva tirando fuori il suo amato "Il deserto dei Tartari" di cui era almeno all'ottava rilettura. In mezzo al libro c'era il foglietto con le indicazioni dell'ospedale e del ristorante, scribacchiato poco prima in sostituzione di quello che aveva perduto.

'Allora, mi raccomando prendi il 242 che ti ferma proprio lì davanti' gli aveva detto Viola al telefono, come se stesse parlando a un vecchio rimbambito. Solo perché aveva perso quel bigliettino si sentiva autorizzata a pensare che fosse a un passo dall'Alzheimer.

'Si va bene, ma stringi che ti sto chiamando dall'albergo. Non mi funziona il cellulare qui, accidenti! E dove vado quando arrivo all'ospedale?'

'Reparto ortopedia, stanza 217. Hai segnato? Ah, un'ultima cosa: chiedi di Margaret Pollard, mamma ha dato il cognome da nubile.'

'Come sarebbe a dire il cognome da nubile? E perché mai?'

Quella novità non gli piacque per niente. Lui e sua moglie erano separati, ma non avevano mai divorziato. All'epoca Antonio si era opposto alla cosa principalmente per questioni fiscali, è vero; ma in parte anche perché se avesse acconsentito al divorzio, sarebbe definitivamente crollato tutto nella sua famiglia. E da bravo abitudinario qual era, questo non voleva assolutamente permetterlo.

Viola non gli aveva fornito alcuna spiegazione riguardo alla scelta di Margaret, e lui aveva tagliato corto per non incrementare i costi di una comunicazione di servizio che non aveva mancato di infastidirlo. Così, alla vista del bigliettino si disse che quella lì sarebbe stata una delle prime questioni che avrebbe affrontato con sua moglie. Anche se l'avesse trovata più di là che di qua, Margaret avrebbe dovuto dargli una spiegazione plausibile.

L'autobus annunciò il capolinea. Ormai non c'era quasi più nessuno a bordo, anche l'odiosa ragazzina della minestra se n'era andata. Di fronte a lui si stagliava il monumentale Homerton Hospital, proprio dall'altro lato della strada. Secondo le indicazioni di Viola avrebbe dovuto dirigersi all'ingresso principale di là del parcheggio, e una volta nella hall chiedere della moglie al bancone delle informazioni.

'Ottimo!' borbottò soddisfatto tra sé e sé.
Tra l'altro, aveva pure smesso di piovere. Scrollò la giacca sulle spalle e aggiunse una bella strattonata decisa dal fondo. Allungò le braccia in avanti per far scendere le maniche e, schiarendosi la gola, s'incamminò deciso verso l'entrata.

Tredici

La hall dell'Homerton Hospital era talmente pulita e ordinata che, se non fosse stato per quell'orrendo linoleum azzurro alle pareti e sul pavimento, sarebbe potuta sembrare l'ingresso di un albergo piuttosto che di un ospedale. Antonio avanzò a passo sicuro verso il bancone delle informazioni e si fermò a metà strada, affascinato da un lussureggiante ficus beniamina che faceva bella mostra di sé in un angolo della sala. Quello splendido esemplare gli fece tornare in mente il suo *Mace*, appena concepito e già abbandonato a se stesso. Nel turbine di quella settimana febbrile di quadrature contabili l'aveva messo in un angolo per fare spazio alla Canova, come aveva fatto con la serra del Gianni per tutta la sua vita. E di fronte a quelle fronde rigogliose l'assalì una punta di amarezza.

Era stato tutto così automatico che lui non se n'era nemmeno accorto. Nei quarant'anni passati non aveva visto la polvere che giorno dopo giorno ricopriva i suoi libri di botanica e i suoi attrezzi da innesto, ed era come se quelli ci fossero andati a finire con le loro gambe in soffitta giacché non si ricordava nemmeno più quando lui ce li aveva confinati. Il Gianni era andato in pensione e in assenza di eredi era stato costretto a smantellare la serra prima di partire per il sud a ritrovare le sue radici. E ora al suo posto c'era uno squallido autolavaggio a gettoni.

Tutto quel tempo era passato come un fulmine, che scagliato sugli alberelli innestati della sua giovinezza li aveva impietosamente bruciati senza nemmeno dargli la speranza di un germoglio. Questo pensava Antonio Esposito impalato di fronte a quel ficus beniamina dalle foglie sgargianti: che erano passati quarant'anni dalla serra del Gianni e in quei quarant'anni lui la sua passione non l'aveva mai difesa. Adesso grazie al *Mace* aveva di nuovo l'occasione di ritrovarsi a un crocicchio tra la via del Patriarca e la sua. Ma, esattamente come quarant'anni prima, si sentiva tremendamente in colpa ogni volta che faceva un passo avanti così che non riusciva a fare a meno di farne subito uno indietro, rimanendo eternamente fermo al punto di partenza.

Non resistette all'impulso di allungare la mano e staccare delicatamente l'unica fogliolina gialla in mezzo a tutto quel verde smeraldo. La passione è un viaggio che richiede tenacia, meditava, che non ammette scuse. Tanto più quando si tratta di una passione solitaria come quella che aveva lui. E allora, se non era Antonio Esposito il primo a crederci, chi altro mai ci avrebbe creduto?

Fu strappato all'improvviso dai suoi pensieri e radicato alla dura realtà da una barella in corsa cui intralciava maldestramente la strada. Così si congedò dal ficus beniamina, e proseguì verso la monumentale infermiera che attendeva seduta dietro al bancone delle informazioni.

Il donnone era un verace esemplare di Brixton e osservò quello strano vecchietto che si avvicinava con lo stesso sguardo che aveva nei confronti del mondo intero: una sublime mistura di sufficienza, disillusione e fierezza.

'Buongiorno.'

'Buongiorno nonnino, come andiamo oggi con la salute?'

Antonio tentò una traduzione simultanea, ma fu costretto a rimanere lì impalato in silenzio sperando in una domanda più comprensibile.

'Che c'è? Qualcosa non va?'

'Chi, io? No no, io sto benissimo. Sano come un pesce!'

L'infermiera lo squadrò sospettosa. Il vecchio aveva accompagnato quell'affermazione bizzarra prima con un robusto colpo di pugno sul petto, e poi con una specie di risatina confidenziale. Doveva avere qualche rotella fuori posto.

'Allora?'

'Sono venuto a trovare una persona.'

'Ah bene. Chi?'

Antonio le fece cenno di attendere, si mise a rovistare nel portafoglio e ne cavò fuori un bigliettino piegato in quattro che stirò per benino sul bancone. Poi inforcò gli occhiali da presbite, e glielo lesse scandito come una prescrizione medica.

'Reparto ortopedia, stanza 217.'

L'infermiera scosse la testa in segno di diniego.

'Che c'è, non esiste la stanza 217? Lo sapevo!'

Ovvio che quella sciagurata di sua figlia s'era inventata tutto, come aveva fatto a non pensarci? Già la storia dell'ambulanza vuota gli era sembrata una colossale panzana, in più il numero diciassette porta sfiga e negli ospedali non esiste.

Il ragioniere sfogò il suo disappunto in un sonoro

pugno sul bancone, facendo sobbalzare quella povera donna.

'Tutto a posto, signore?'

Il vecchio era davvero picchiatello. Ma certo, avrebbe dovuto capirlo subito da come fissava la pianta in mezzo alla sala. D'altronde, di tipi così gliene capitavano a bizzeffe. Ogni santo giorno. Peccato però, perché questo qui sembrava un signore tanto distinto.

Provò a fare un ultimo tentativo, giusto per vedere se a trattarlo come una persona normale si sarebbe calmato. Non perché lo ritenesse pericoloso, figuriamoci se una come lei aveva paura di uno come quello. Piuttosto perché gli si era leggermente gonfiata la giugulare, e non voleva rischiare di avercelo sulla coscienza per un infarto del miocardio.

'Senta, mi deve dire il nome della persona che è venuto a trovare. Mi serve il *nome*, capisce?' gli disse scandendo le parole con un tono il più gentile possibile.

Antonio Esposito inarcò un sopracciglio e, a parte quello, non mosse un muscolo.

'Signora Margaret Esposito. Grazie.' sentenziò.

L'infermiera controllò rapidamente nel computer prima di girarsi verso di lui con lo stesso sguardo con cui lo aveva accolto, cui aggiunse giusto un pizzico d'ironia quanto basta per dare un po' di pepe alla situazione.

'Mi spiace, ma qui non c'è nessuna Margaret Esposito.'

Lo sapeva lei, che il vegliardo era picchiatello. Facile, s'era capito subito dalla storia della pianta.

Antonio sacramentò qualcosa tra i denti e riprese

in mano il suo bigliettino, furioso. Fece per andarsene, ma poi si girò subito di scatto.

'Aspetti. Margaret Pollard!' ha dato il cognome da nubile quella stronza, avrebbe voluto aggiungere ma se lo tenne per sé.

'Sì, Margaret Pollard. Trovata!'

E chi l'avrebbe mai detto? Il vecchio era sano di mente, mica dava i numeri.

'Posso chiederle chi è *lei*, per favore?'

'Il marito.'

'Impossibile.'

'Come sarebbe a dire *impossibile*?'

'Il computer mi dice che la signora è vedova.'

'Allora state assistendo a un miracolo, mia cara. Perché sono resuscitato!'

Eh no, era decisamente matto. Matto da legare. Appunto.

Quattordici

Dov'era finito il famoso humour inglese? Grazie a quella simpatica battuta lo avevano confinato in uno stanzino per un quarto d'ora, sottoponendolo a un interrogatorio in cui aveva persino rischiato di finire internato in psichiatria. E alla fine, ma solo alla fine, si erano decisi a farlo passare purché lasciasse la sua carta d'identità in custodia, per niente convinti che fosse davvero il marito di Margaret. Antonio si aggirava furioso per il reparto ortopedia. Dannato orgoglio nazionale, preferivano credere a quella raccontaballe di sua moglie piuttosto che a lui.
Prima di arrivare alla famosa 217 decise di fare una rapida deviazione alla toilette, giusto per darsi una calmata. Nonostante fosse incazzato fino al midollo non poteva mica subito aggredire sua moglie. Non sapeva nemmeno se l'avrebbe trovata cosciente oppure no. E poi, forse la storia della vedovanza era solo una supposizione di quella gente dato che nessuno dei due portava la fede. Magari quell'imbecille dell'ambulanza aveva fatto due più due senza chiedere niente a nessuno. Ma sì, era meglio pensarla così. E già che c'era, cacciò fuori pure una scoreggia nervosa mentre si stirava la giacca per benino.
Uscì dal bagno col suo solito incedere marziale. Era pronto a qualsiasi sorpresa, ormai, ma man

mano che si avvicinava a quella porta socchiusa il suo cipiglio guerriero cedette il passo ad altri pensieri. Stava per incontrare sua moglie dopo dieci anni che non la vedeva e chissà, se davvero era messa così male forse quella avrebbe potuto essere una delle ultime volte. Si fermò accanto alla stanza e prese un lungo respiro prima di affacciarsi sulla soglia. E in quell'attimo di stallo gli tornarono alla mente i giorni della fine del Patriarca, quando in ospedale c'era suo padre al capolinea della propria vita.

Esattamente come in quel momento, anche allora Antonio era in piedi di fronte ad una porta socchiusa. E allo stesso modo il suo cuore era in subbuglio, teatro di una battaglia ad armi pari tra uno strisciante senso di colpa e un antico risentimento. Erano anni che avrebbe voluto liberarsi dall'ombra di quell'uomo ingombrante e con non poca vergogna aveva ammesso a se stesso di aver anelato più volte alla sua fine, soprattutto quando il vecchio denigrava la sua passione per gli innesti ogni volta che lo beccava con le mani sporche di terra. Solo la morte avrebbe potuto salvarlo, solo quella avrebbe potuto essere la sua redenzione dal giogo contabile di famiglia e, ora che il momento fatale era finalmente arrivato, si sarebbe chiuso un capitolo amaro della sua esistenza. Questo pensava prima di passare da quella porta d'ospedale, sognando un'agognata liberazione senza sospettare l'eredità che gli stava per piovere in dono.

Adesso sì che sarebbe stato l'Antonio Esposito che voleva essere *lui*. Avrebbe venduto il dannato Studio Commercialista Esposito e rilevato la serra, visto che il Gianni stava per andare in pensione. E anziché in quelle maledette scartoffie, nelle sue mani sporche di terra avrebbe trovato la santificazione alla stanchezza che si portava a casa ogni sera.

Invece, l'unica cosa che era riuscito a fare una volta entrato in quella stanza era stato legarsi mani e piedi in un'odiosa promessa, calpestando a piè pari tutti i semi della sua passione prima ancora di assaporarne i frutti. Era chiaro come il suo destino fosse già scritto nell'albero genealogico, tracciato inesorabilmente nel momento in cui un atto notarile aveva sancito l'esistenza dell'odioso Studio Commercialista Esposito.

Così, al capezzale di suo padre Antonio Esposito aveva chinato come sempre il capo di fronte all'incontrovertibile e spietata lezione del vecchio.

'Nella vita vengono prima le cose concrete. I sogni sono come le farfalle: passano tutta l'esistenza in un bozzolo e poi quando escono fuori durano solo lo spazio di un giorno, lasciando dei loro colori nient'altro che un misero mucchietto di polvere.'

E quel giorno non avevano vinto né la nostalgia né il risentimento. Aveva vinto il Patriarca, come sempre.

Adesso come allora Antonio Esposito si ritrovava di nuovo di fronte ad una porta d'ospedale, con gli stessi sentimenti contrastanti nei confronti di sua moglie che aveva nutrito verso suo padre: un precoce rimpianto che cozzava con la voglia di regolare un conto. Anche se non era la stessa storia, pure Margaret a modo suo lo aveva ingannato. Gli aveva fatto credere per tutta la vita di essere dalla sua parte e di condividere le scelte che avevano pensato per la loro unica figlia. Invece dieci anni prima aveva preso quello stupido pretesto per disfarsi di lui e fare ritorno a Londra, spalleggiando quella sciagurata di Viola.

Rafforzato da questo pensiero Antonio si sistemò la giacca, scrollò le spalle e si convinse a spingere la porta socchiusa della 217. Nella stanza c'erano due letti. Il più lontano era vuoto, mentre in quello subito accanto alla porta sedeva di spalle una gracile signora anziana che guardava fuori. Era immobile, inondata dalla luce lattiginosa del finestrone di fronte. Teneva le spalle leggermente ricurve e la testa china e, nonostante il busto che le reggeva la colonna vertebrale, se ne stava insaccata come se portasse addosso il peso di tutti gli anni che aveva.

Seduta in quel letto d'ospedale con la camicia da notte che le ricadeva dalle spalle ossute, quella donna era talmente fragile che in controluce sembrava quasi evanescente, come una statuetta di vetro. Eppure, Margaret era sempre stata una tipa giunonica. Quella scena gli sembrò lo specchio della solitudine più estrema, e sua moglie gli fece immediatamente una pena infinita che spostò l'ago della bilancia sulla nostalgia a dispetto del risentimento che aveva covato sino a quell'istante. Il ragioniere era un tipo orgoglioso ma nonostante le apparenze e il suo comportamento burbero con Lotito, non si era mai rivelato un vero e proprio vendicativo e a vederla in quelle condizioni pietose si sentì come se i dieci anni che li avevano separati fossero stati giusto il tempo di un futile litigio già buttato alle spalle. Perché avevano dovuto distruggere tutte le loro abitudini così? Perché la vita non aveva potuto continuare a scorrere sempre uguale fino alla fine dei loro giorni?

Al diavolo sua figlia, arrivati a questo punto lui Margaret se la sarebbe ripresa, eccome. Anche se aveva spergiurato di non rivolerla più indietro. Così, almeno qualcosa nell'Agro Pontino sarebbe tornato al suo posto.

Pensò che fosse diventata dura d'orecchio, la poverina, perché nonostante il cigolio della porta era rimasta assolutamente immobile come se nulla fosse accaduto. Avanzò ancora, cercando di non fare rumore. Non sapeva cosa fare, tanto meno aveva il coraggio di chiamarla per nome, così si piazzò semplicemente dietro di lei trattenendo il fiato. Non sentiva il profumo della Cera di Cupra sulla sua pelle e questo gli provocò una fitta di dispiacere. Le cose non potevano mica cambiare così, appena tornata a casa gli avrebbe fatto riprendere quell'antica e sana abitudine.

Allungò il braccio verso la sua spalla ma lo lasciò sospeso a mezz'aria, timoroso. Possibile che sua moglie si fosse rincitrullita al punto da non accorgersi di nulla?

Infine si decise, e appoggiò la mano tremante sulla scapola ossuta di quella donna.

L'anziana sventurata si svegliò di soprassalto e cacciò un urlo di terrore, impossibilitata dal busto a girarsi verso lo sconosciuto che l'aveva toccata mentre schiacciava il suo pisolino pomeridiano. Era l'unico modo che aveva per dormire, quello lì, visto che la maledetta armatura che indossava non le permetteva un comodo riposo orizzontale.

'Chi è *lei*?' chiese terrorizzata.

Antonio era sconcertato. Quel rudere non assomigliava neanche lontano un chilometro a sua moglie. Come aveva potuto confondersi a tal punto?

'Mi scusi!'

La vecchia col busto lo guardava con occhi feroci, ricordandogli una di quelle volpi spelacchiate che aveva visto qualche ora prima aggirarsi nei vicoli di Londra.

'Ma è pazzo? Che cosa vuole?'

'L'avevo scambiata per.. Cercavo Margaret. La signora Esposito. No, Pollard. Insomma, accidenti!'

Il rudere gli restituì un'altra occhiata in cagnesco da dentro la sua armatura, quindi buttò gli occhi al cielo e sospirò.

'Mi spiace, se n'è andata subito dopo pranzo.'

'Se n'è andata? Cosa.. cosa vuol dire?'

'Esattamente quello che ho appena detto: che se n'è andata. L'hanno portata via. Come glielo devo spiegare? ' sbottò; e poi chiosò acida, quasi soddisfatta 'Mi dispiace, ma il signore è arrivato tardi.'

Antonio era basito.

'E quando.. quando se n'è andata? A che ora?' mormorò con un filo di voce.

'E che ne so io? L'avranno portata via subito dopo pranzo. Io mi sono appisolata, non li ho visti mica.' gli rispose ancora più stizzita.

Lui deglutì e guardò il letto vuoto. Poi gli cadde l'occhio su un barattolo di Cera di Cupra ancora aperto sul comodino, e istintivamente lo portò al naso dando una lunga e nostalgica sniffata. In un baleno gli tornarono alla mente le immagini del suo addio al Patriarca.

Col cuore dolorante si accasciò sul letto, distrutto. Troppo tardi, pensò amaro. Questo qui sì che era un saluto che non avrebbe dovuto mancare e, invece, lo aveva appena perso.

'Sono tornata, miss Jones!'

Antonio si girò allibito verso la donna che armeggiava per liberare la ruota della sedia a rotelle dallo stipite della porta. La sua gamba destra se ne stava bella dritta di fronte a lei e quell'ingessatura le impediva di eseguire agevolmente anche la più elementare manovra. Ma, frattura a parte, ciò che aveva di fronte non era solo sua moglie, era soprattutto il ritratto della salute: una donna dall'aspetto magnifico, persino i capelli con la piega fresca di parrucchiere. E, come se non bastasse, l'immancabile alone d'acciaio inox che l'aveva sempre contraddistinta.

Margaret riuscì finalmente nella sua impresa, e nel silenzio generale guadagnò il centro della stanza per alzare gli occhi solamente nel momento in cui cozzò contro un nuovo ostacolo: le gambe di suo marito.

'*Antonio*? Sei ..*tu*? E che diavolo ci fai qui?'

Quindici

'Signora Jones le presento mio marito.'
Quella vecchia col busto lo guardò sospettosa, con lo stesso sguardo che avrebbe avuto se al mercato rionale avessero cercato di rifilargli il pesce di una settimana prima spacciandolo per fresco di giornata.
'Non era vedova, lei, signora Pollard?'
Margaret si chiuse in un imbarazzato silenzio. Cercava di mettersi in direzione della porta senza rimanere incastrata nel letto con la gamba tesa mentre il ragioniere, recuperata la completa padronanza di se stesso, si aggirava rabbioso tra i due letti.
'Ecco, lo vede? A volte ritornano!' sbottò acidamente. Ma non fece nemmeno in tempo a lanciarsi in una delle sue celebri scenate, che sua moglie era riuscita a infilare la traiettoria giusta.
'Forza, andiamo al parco. Antonio dammi una mano, spingi!'
'Dopo facciamo i conti'
Prese rabbioso la guida della sedia a rotelle e inforcando la porta con uno scatto fulmineo piantò la povera gamba ingessata nello stipite, esattamente come aveva fatto all'epoca con la Cinquecento del Patriarca e il pino marittimo della Pontina.

'Ahi! Ma sei impazzito?'
'Scusa, non l'ho fatto apposta.'

E arrivati a destinazione, sembrava che quei due non avessero proprio niente da dirsi.

Era un quarto d'ora che stavano fermi e zitti in quel modo, Antonio sulla panchina umida e Margaret parcheggiata accanto a lui.

'Te l'ha chiesto Viola di venire qua, vero? Io nemmeno lo sapevo.'
'Insomma, cos'è questa storia della vedovanza?'

Non si sarebbe mai aspettato questo comportamento da sua moglie, anche se lo aveva già sorpreso quando se n'era andata via da casa. Tale e quale sua figlia, probabilmente covava la fuga da chissà quanto tempo. In quella famiglia tutti lo avevano fregato.

'Ti pare che si dicono certe cose alla gente? Rispondi!'
'Senti Antonio, hai cancellato Viola dalla tua vita senza nemmeno sforzarti di capirla. Che pretendevi, che io stessi lì a rimpiangerti? E poi, francamente, quello che hai fatto quel pomeriggio io non te l'ho mai perdonato. E lo sai bene, a cosa mi riferisco.'

Margaret era appena tornata da un weekend a Londra, quel famoso pomeriggio di dieci anni prima. E mai e poi mai lasciando la valigia accanto alla porta avrebbe pensato di riprenderla in mano solamente qualche minuto dopo, per non rimettere più piede nel dannato Agro Pontino. Contrasse la mascella in un guizzo di nervosismo e aprì la bocca per sentenziare qualcosa, ma le parole le rimasero sulla punta della lingua. Al loro posto ci fu solo un lungo sospiro, mentre intrecciava paziente le mani in grembo.

'Antonio?' gli disse, infine.

Lui se ne stava incarognito a guardare un punto diametralmente opposto del parco, come se sua moglie non avesse fiatato.

'Antonio, siamo stati sposati per una vita. Lo so come sei fatto: ascoltami, non fare finta di non sentire quello che non vuoi sentire. Insomma, non si può cancellare una figlia per un motivo così stupido!'

Sua moglie lo trattava come un bambino capriccioso, e questa cosa lo fece irrigidire ancora di più. Erano stati sposati per una vita, appunto, possibile che non avesse ancora capito come prenderlo?

'Hai finito, allora? Non so neanche perché sono venuto qui, se devo sentirmi dire queste cose.'

'Mi dispiace, ma non potevi aspettarti nulla di diverso da me. Senti, Viola non ti ha chiamato per venirmi a trovare. Come vedi, non c'era bisogno: io sto benissimo. E poi noi due non abbiamo molto da dirci, ormai. Sono dieci anni che è finita. Quel giorno lì mi ha aperto gli occhi, e finalmente ho capito che razza di persona sei. E, scusa la franchezza, ma io con uno come te non ci voglio più avere niente a che fare. Però Viola ha bisogno di suo padre, non me l'ha detto ma *io lo so*. La conosco mia figlia. La conosco bene, come le mie tasche. Lei ha bisogno di vedere *te*, è evidente, sennò non avrebbe preso questa stupida scusa per farti venire fin qui. Possibile che non ti rendi conto? Ti vuole mostrare quello che ha fatto a Londra, e tu avresti degli ottimi motivi per essere orgoglioso di lei. Metti da parte il tuo egoismo per una volta, Antonio, e fai l'uomo. Viola non ha fatto niente di male, e tu lo sai. Non se lo merita questo da parte di suo padre!'

Antonio si alzò di scatto e prese a stirarsi la giacca. Margaret gli agganciò il braccio in un gesto confidenziale, e lui con un gesto altrettanto automatico la strattonò liberandosi dalla presa.

'Io non cambio idea. Non voglio più sapere niente di Viola, lo sai. Hai detto che mi conosci, no? Io sulle cose ci rifletto e se prendo una decisione, è quella. Non cambio idea.'

'Eh già! Hai ragione tu, Antonio, come sempre. Tant'è vero che l'ultima volta che ti ho visto stavi rincollando tutte le sue cose.'

Sedici

Possibile che sua figlia fosse dovuta ricorrere a un mezzuccio del genere per incastrarlo e farlo cadere così in basso? Non le bastava quello che già gli aveva fatto dieci anni prima? Se proprio voleva vederlo, non sarebbe stato molto meglio dirglielo apertamente, invece che tutta quella messinscena?

Tanto non ci guadagnava nulla a strappargli un appuntamento per forza in quel modo assurdo. Anzi, lo faceva arrabbiare ancora di più. Voleva proprio che lui le sputasse addosso tutto il suo livore per l'ultima volta? Lo voleva in faccia, insieme con tutto quello che le aveva detto al telefono dieci anni prima? Se era questo quello che voleva, allora se lo meritava proprio!

Antonio Esposito non si trovava certo di fronte al ristorante *Malafemmena* per una riconciliazione, semmai era lì per chiudere definitivamente un conto. Di ritorno dall'ospedale era molto amareggiato. Mai si era sentito più umiliato di quel pomeriggio. Era come se sua moglie, non contenta di averlo piantato in asso dieci anni prima, l'avesse mollato di nuovo per la seconda volta. Che ci era andato a fare fino a Londra? Quella donna ingrata stava benissimo, era evidente. E lui aveva solamente fatto una figura pietosa a precipitarsi lì.

Per prima cosa nei confronti del mondo intero, vista la storia della vedovanza. E poi, in quei dieci anni passati lui le aveva sempre dimostrato il massimo della freddezza e del distacco, mai una sola volta l'aveva cercata di sua spontanea volontà. Ora invece si era addirittura preso la briga di salire su un aereo e catapultarsi in capo al mondo, incurante della disgrazia che incombeva sullo Studio Commercialista Esposito e della promessa fatta alla buonanima del Patriarca. E con che moneta era stato ripagato? Con un'enorme presa in giro, e un rinnovato rifiuto. Insomma, una mazzata colossale per il suo orgoglio.

Viola era la responsabile di tutto questo, e lei avrebbe pagato il prezzo salatissimo di quella maledetta cena che aveva voluto a tutti i costi. Giacché ci teneva tanto a rivederlo avrebbe riversato su di lei tutta la sua frustrazione. Il parabrezza rotto, il viaggio infernale, la stamberga in cui era costretto a stare per una notte, la copertina dei conti dell'Iva da buttare e persino l'ansia di tornare a casa la domenica pomeriggio con la spada di Damocle della Canova sulla testa. Il tutto condito dall'arroganza e dalla perfidia di sua moglie. Questo pensava mentre la guardava dalla vetrina, senza decidersi a entrare.

Eccola là sua figlia, esattamente dieci anni dopo. Si era trasformata in una donna molto diversa da quella che ricordava lui, ma l'aveva riconosciuta all'istante nonostante i suoi capelli rosso carota fossero camuffati sotto un caldo color nocciola. Viola sedeva in un angolo del locale, al tavolo più distante. Giocherellava nervosamente facendo palline di pane per ingannare l'attesa e guardava alternativamente l'orologio e il menù, senza sapere cosa fare. L'appuntamento era per le otto, ed erano già le otto e un quarto. Suo padre era stato sempre l'eccesso di zelo fatta persona, possibile che si fosse perso nei meandri di quella metropoli tentacolare? Quel povero vecchio non aveva con sé nemmeno il cellulare, quindi non le restava altro che attendere pazientemente. E, nella peggiore delle ipotesi, chiamare Scotland Yard se proprio non lo avesse visto sbucare da quella porta in un tempo ragionevole.

Sua figlia era una tosta, considerò Antonio, una che non perdeva mai la calma. Una che sapeva aspettare. Anche se quella testolina una volta era rossa e adesso era color nocciola, lì dentro scorreva come sempre un'acqua cheta che avrebbe demolito anche il Tower Bridge. Ne era certo, pensò mentre la osservava dalla vetrina del ristorante che se ne stava tutta sola seduta a quel tavolino.

Ora che la guardava bene, oltre ai capelli gli sembrò che anche il suo profilo non assomigliasse più molto a quello del Patriarca. Viola si era trasformata in una copia di sua moglie: quasi un'inglese purosangue, con quella stessa aria da acciaio inox che aveva preso il sopravvento su tutto il corredo genetico degli Esposito.

Era vestita con gusto, arricchita da piccoli dettagli che le donavano un'eleganza impeccabile e discreta. Antonio non aveva la minima idea di quale fosse la sua occupazione lì a Londra, non aveva mai voluto sapere niente nemmeno da parte di Margaret. Ciò nonostante si aspettava molto meno da sua figlia, e vederla talmente signora, inaspettatamente compunta e raffinata, lo fece rimanere di stucco. Sembrava addirittura stesse meglio di lui, almeno nell'aspetto esteriore. Tutto in lei dava l'impressione della donna in carriera e, come se non bastasse, aveva addosso una sorprendente aura di pace e sicurezza interiore nonostante la situazione in cui si trovavano.

Tutto questo anziché farlo felice gli diede ancora più fastidio. Che cosa significava, che come nel pomeriggio appena passato, anche quella sera avrebbe dovuto sentirsi di nuovo in una posizione d'inferiorità? Che volevano quelle due donne da lui, farlo passare per un vecchio sfigato qualsiasi che strisciava ai loro piedi dal paesello di provincia nella metropoli del duemila?

In quel momento ripensò alla situazione micragnosa in cui si trovava a Londra. Quell'*Hotel Stonehenge* disgustoso, dove nello scarico della doccia aveva persino rinvenuto dei peli arricciati, neri e robusti, di chiara provenienza sospetta. E quel giaciglio da una piazza e mezza su cui avrebbe disteso le membra, chiuso in una claustrofobica scatola di fiammiferi. Per non parlare del suo trolley, da cui aveva scoperto provenire la puzza di urina così che ora si spiegava anche il dubbio colore giallo dell'alone sulla copertina dei conti della Canova.

Che rabbia gli faceva tutta quella situazione. Si sentiva così misero, intirizzito nei suoi mocassini ancora umidi e nel suo completo primaverile nonostante la temperatura da febbraio. Senza cellulare e con solo pochi spiccioli in tasca, che a giudicare dall'aspetto di quel ristorante nemmeno gli sarebbero bastati per pagare un antipasto. Perché quelle due donne avevano deciso di umiliarlo a tal punto?

Gli passò accanto una coppia che doveva avere più o meno la sua età, e gli buttarono addosso uno sguardo misto tra il disgusto e la pietà. Un povero vecchio malandato che sbirciava dentro le vetrine di un ristorante, proprio come la piccola fiammiferaia nel giorno di Natale. La scia di quello sguardo gli fece male, addirittura forse più male della ferita all'orgoglio che gli aveva inferto sua moglie nel pomeriggio. E per un momento lo fece pensare pure a se stesso. Si osservò nel riflesso del vetro e ci vide quello che aveva lasciato a casa venendo a Londra. La sua vita non era nient'altro che lo Studio Commercialista Esposito, un punto insignificante nell'economia di uno sperduto paese di provincia con due burini senza scrupoli che aspettavano solo la sua morte per mettere le mani su ciò che rimaneva di un impero. Era così triste e grottesco, peggio ancora della situazione in cui si trovava in quel momento.

Ma Antonio Esposito non poteva permettersi di denigrare quel poco che gli rimaneva. Doveva almeno credere di stringere ancora qualcosa tra le mani, doveva almeno credere di essere, nonostante tutto, ancora migliore di sua figlia. Chi gli diceva che quella lì non fosse l'ennesima messa in scena? Magari quella sciagurata di Viola aveva prenotato tutto quel po' po' di ristorante aspettandosi che lui le avrebbe finanziato la cena, come aveva sempre fatto fino a dieci anni prima. In fin dei conti era stato suo padre a foraggiarla durante la certificazione contabile a Londra: vitto, alloggio, studio e vizi compresi.

L'abito non fa il monaco, si disse scrollando le spalle e strattonando la giacca dal fondo con una bella tirata secca. Così come lui sembrava uno straccione ma in realtà era il padrone dello Studio Commercialista Esposito, probabilmente sua figlia si atteggiava come quei clienti che sfoggiavano il Mercedes ma poi non avevano nemmeno i soldi per mangiare. Eh sì, quel ragionamento non faceva una piega.

Il cameriere si avvicinò al tavolo portando una bottiglia d'acqua. Viola alzò lo sguardo per ringraziarlo e poi lo posò di nuovo sul menù, quasi fosse abbattuta. Le stava bene un ritardo, pensò Antonio. Le stava proprio bene quella terribile attesa a rodersi nel dubbio. In quel momento gli sembrò che fosse persino meno bella ed elegante, mentre la sua denigrazione cresceva direttamente proporzionale al suo orgoglio. I piedi gelati gli facevano male, i calzini erano già di nuovo zuppi e lì fuori incominciava a essere tremendamente umido. Ricordò l'orrido giaciglio che lo attendeva all'*Hotel Stonehenge* e gli montò l'incazzatura all'idea di passare la notte lì dentro. Avrebbe meritato lo Sheraton, uno come lui!

Erano già le otto e venti, e l'appuntamento era per le otto. Viola guardò di nuovo l'orologio e poi pensò di ordinare un antipasto. Si sentiva nervosa e aveva lo stomaco chiuso, ma almeno non si sarebbe fatta trovare con le mani in mano. Nel ristorante non c'era quasi nessuno, ma quei camerieri sparivano all'istante come se chissà quanti tavoli avessero da servire. Si girò a cercarne uno e lo intercettò proprio accanto al finestrone. Stava impalato come uno stoccafisso, si vedeva che non aveva molta voglia di lavorare. Lei un tipo così lo avrebbe licenziato all'istante, lei aveva un rispetto enorme per il cliente.

Gli fece un cenno e quello s'incamminò verso il suo tavolo, annoiato. E dietro di lui, di là dal vetro, c'era suo padre: Antonio Esposito in carne ed ossa, che la guardava con quello sguardo torvo che lei conosceva bene.

Finalmente era arrivato, pensò. Quanto tempo ci aveva messo, dieci anni, ma finalmente era arrivato.

I loro occhi s'incrociarono all'istante come se non esistessero né la vetrina, né i tavolini, né i dieci o quindici passi che li separavano. Padre e figlia s'incontrarono occhi negli occhi, per un lungo attimo.

Antonio s'incamminò verso destra, in direzione dell'ingresso. Il cameriere arrivò al tavolo ma Viola lo rimandò indietro. La porta si aprì e nel ristorante entrò una timida coppia di ragazzi. E in quello stesso, preciso momento il ragioniere si allontanava dalla vetrina per svoltare l'angolo della strada con i pugni in tasca.

L'orgoglio era per lui come una terra dura su cui il seme del perdono non sarebbe mai riuscito a germogliare, anche se vi fosse caduto per caso. Non c'era nemmeno uno spiraglio per far attecchire quella famosa piantina di cappero che avrebbe potuto distruggere il muro che aveva tirato su in dieci anni tra se stesso e sua figlia. E Viola conosceva bene suo padre, così che quando vide quei due ragazzi entrare dalla porta capì tutto all'istante. Abbassò di nuovo lo sguardo sul tavolo e attese qualche minuto, prima di alzarsi e andare via.

Diciassette

In quella notte dalle premesse disastrose Antonio trascinava il suo prezioso trolley in giro per il centro indossando finalmente il maglione di lana grossa che si era portato per le emergenze. Al diavolo il completo primaverile, ormai non aveva più senso patire il freddo in nome dell'eleganza. E nelle scarpe aveva persino messo i calzini doppi, in modo che l'acqua non gli gelasse i piedi.

Così attrezzato si apprestava a passare la notte a zonzo, in attesa di trovarsi alle sette a Victoria Station puntuale per prendere il treno che lo avrebbe portato all'aeroporto.

Quando aveva abbandonato il *Malafemmena* s'era rifugiato in un caffè, e non sapendo cosa ficcare nello stomaco chiuso aveva ordinato una bella cioccolata calda che aveva condito con mezza boccetta di quei fiori di Bach della dottoressa Pellecchia, tanto per darsi una calmata e recuperare un po' di energie. E siccome mischiati nella cioccolata calda non avevano sortito alcun effetto, appena fatto ritorno all'*Hotel Stonehenge* si era scolato il resto del flacone turandosi il naso e tracannandolo puro così com'era, dato che sospettava che quella mezza minerale sul comodino gliel'avrebbero fatta pagare un patrimonio.

Erano appena le nove e un quarto, c'era tutto il tempo per farsi una bella doccia calda. Alla cena ci avrebbe pensato dopo o magari, adesso che quell'intruglio officinale incominciava finalmente a fargli pesare un po' le palpebre, invece di uscire di nuovo si sarebbe fatto un bel sonno ristoratore; tutta una tirata fino alle sei del mattino dopo, senza pensare più a niente.

Questi erano i piani del ragioniere per la serata, e sarebbe filato tutto liscio se uscendo dal bagno non avesse fatto la macabra scoperta. Ancora avvolto nell'accappatoio, aveva appena finito di incastrare lo spazzolino e il dentifricio nel minuscolo beauty case quando qualcosa di piccolo e grigio gli aveva attraversato le gambe alla velocità della luce, per andarsi a rintanare proprio dietro il water. L'aveva visto con la coda dell'occhio e all'inizio aveva pensato si trattasse di un'allucinazione bella e buona, un effetto collaterale della scorpacciata di fiori di Bach.

'Può prenderli alla bisogna, non ci sono controindicazioni.' gli aveva detto la Pellecchia. Ma nonostante la sua ampia conoscenza della botanica quella pianta lì non l'aveva mai sentita nominare e, visto l'andazzo, decise che in futuro da quella farmacista di paese non si sarebbe fatto curare neanche un'unghia incarnita.

Lanciò in aria lo spazzolino e lo riacchiappò al volo, giusto una rapida prova per diagnosticare lo stato dei suoi riflessi. E siccome i nervi gli funzionavano ancora bene, invece dell'effetto collaterale dei fiori di Bach considerò l'ipotesi di una neurite ottica galoppante a causa dell'eccessivo stress di quel terribile fine settimana. Era già un po' di tempo che gli capitava di vedere delle strane macchie al centro del campo visivo. Una volta le aveva persino scambiate per delle colonie di afidi, e per sterminare quegli inesistenti pidocchi aveva rischiato di schiantare a colpi d'insetticida una malcapitata azalea.

Tirò fuori il maglione dalla valigia e si ricordò della storia della chiazza gialla sulla copertina dell'Iva. Per fortuna che a farne le spese erano stati i conti piuttosto che i suoi vestiti. Che si fotta la Canova, pensò sperando che per una volta il Patriarca fosse distratto. Tanto la colpa l'avrebbe scaricata su quella bovina della sua segretaria, era lei che si occupava della cancelleria nello Studio Commercialista Esposito. Era giunto quasi alla fine della vestizione quando vide correre sulla moquette un'altra di quelle macchioline grigie e, alla faccia della neurite ottica, stavolta era dotata di una coda lunga quasi cinque centimetri!

Decise di vederci chiaro e si diresse verso il water armato di deodorante: di qualunque specie fosse stato il nemico lo avrebbe fatto fuori con le armi chimiche. Si chinò con cautela sul sanitario, e tra quello e il muro scoprì un bel buco che comunicava direttamente con il reparto fogne dell'*Hotel Stonehenge*. E la cosa che più gli fece orrore fu il trovarsi a faccia a faccia con un ratto londinese in carne ed ossa.

Doveva essere il fratello maggiore della macchiolina, perché questo qui era davvero grosso. Antonio brandì la sua arma e scatenò una guerra nucleare, rendendo l'aria talmente irrespirabile che fu costretto a chiudere subito la porta del bagno per non rischiare di rimanere soffocato. Se c'era una cosa che lo faceva inorridire era il pensiero di dover condividere il suo spazio vitale con delle bestiacce del genere. Neanche da suo nonno nelle campagne molisane gli era mai capitata una cosa simile, figuriamoci in una stamberga a tre stelle. Finì di vestirsi in fretta e furia, raccattò le sue cose e le ficcò nel trolley alla meno peggio, tanto che fu costretto a schiacciarlo col piede per riuscire a chiudere la cerniera lampo. Poi sbatté con forza la porta e si diresse con fare guerriero verso la hall dell'albergo.

Dietro al bancone un ragazzotto con la divisa si faceva il fegato marcio su Facebook cercando di reperire il maggior numero d'informazioni possibili sulla tipa che lo aveva appena mollato, a sua detta senza un giustificato motivo.

'Che c'è?' chiese scocciato senza nemmeno alzare gli occhi non appena intravide quel vecchio pazzo piombare giù con la valigia e le scarpe ancora slacciate.

Erano dieci minuti che spulciava la barra laterale destra, quella delle notizie degli amici, e grazie a questa pazienza certosina era finalmente riuscito a scovare un like di quella stronza sulla foto che la ritraeva con la cugina. Che ci faceva a quell'ora ancora in giro? Di solito gli diceva sempre che sua madre la obbligava a rincasare alle nove di sera, e adesso che erano le nove e venti se la spassava ancora al pub. Stava per cliccare col mouse proprio sui commenti precedenti, quando quello lì era arrivato a rompere le uova nel paniere.

'Ci sono i topi. Nel mio bagno ci sono i topi!'

L'effetto soporifero dei fiori di Bach era svanito all'istante e, anzi, in quel momento Antonio Esposito si sentiva più sveglio che mai. Sveglio come un grillo. Quel ventenne brufoloso trafficava al computer come se lui non esistesse, così rincarò la dose alzando leggermente il tono di voce.

'Ma ha capito? I topi! Si rende conto?'

I commenti erano totalmente insignificanti, robe stupide da donnicciole sui loro stupidi vestiti. Troiette, nient'altro che troiette. Così aveva deciso di dare un'occhiata di fino ai tutti i trentaquattro like della foto, tanto per farsi un'idea di con chi fosse uscita la stronza quella sera.

'Ho sentito, ho sentito. I topi.'

Se non fosse stato il signore distinto qual era, Antonio Esposito avrebbe preso quel ragazzotto brufoloso e lo avrebbe trascinato per i capelli fino alla tazza del cesso, mettendolo faccia a faccia con quel roditore ben pasciuto. Ma il buon nome dello Studio Commercialista Esposito e soprattutto i fiori di Bach gli impedirono di abbandonarsi a manifestazioni così eccessive. Così aggiunse solo uno stizzito

'Beh, e non dice niente?'

Eh no, questo era davvero troppo! Tra i like c'era pure quel deficiente di James, il cugino di Thomas. Che voleva quello stronzo dalla sua donna? E come facevano a essere amici quei due là? E che palle 'sto vecchio!

'Senta, a Londra i topi sono normali. Ci sono ovunque, cosa vuole che le dica. Chiuda la porta del bagno, domani lo farò presente alla direzione. A quest'ora non ci posso fare proprio nulla, mi spiace.'

'I topi sono *normali*?'

Antonio Esposito sarebbe esploso di fronte ad una risposta del genere, ma la fortuna volle che l'overdose di fiori di Bach che sappiamo sortisse ancora un qualche effetto calmante. Così tutto quello in cui si produsse fu una delle sue peggiori performance d'ira, qualcosa di decisamente sottotono considerato il suo proverbiale pessimo carattere.

'Quest'albergo è una bettola, è indecente!' urlò a pieni polmoni.

Eh no, il vecchio aveva proprio esagerato: quante storie per un topolino! Niente in confronto alla sua umiliazione nella rete. Ora aveva pure scoperto che non solo Thomas, ma persino James era amico della stronza!

'Se pensa che sia indecente la prossima volta le consiglierei di prenotare una camera allo Sheraton, lì va sul sicuro.' rispose stizzito.

'Bene, bravo! Scriverò anche il suo nome nei reclami, può starne certo!'

Antonio si avviò barcollando verso l'uscita. Aveva la testa confusa, tra l'agitazione e l'intruglio della Pellecchia non si sentiva proprio bene. Una sferzata d'aria fresca era la cosa che gli ci voleva in quel momento, quella sì che lo avrebbe svegliato e rimesso in carreggiata. E poi una bella passeggiata in giro per Londra fino alla mattina dopo. Meglio l'addiaccio piuttosto che condividere il suo letto con i topi di fogna, sempre che di letto si potesse parlare.

Puntò a passo deciso verso le porte automatiche ma quelle non accennarono ad aprirsi, tanto che rischiò di sbatterci contro il muso. Allora si piazzò sotto la fotocellula, sbracciandosi a più non posso.

'Il pulsante a destra!'

Quel vecchio oltre che rompiballe era pure rimbambito. E intanto con quella foto lui aveva scoperchiato il vaso di Pandora. Ora c'era persino l'amicizia con la sorella di James, in pratica la stronza nell'arco di due giorni si era già imparentata con tutta la famiglia Manders. Appena staccava il turno avrebbe fatto una strage. E pensare che una volta Thomas era uno dei suoi migliori amici, meno male che c'era Facebook a dirgli la verità.

Antonio Esposito provò da un lato e dall'altro, e finalmente a destra trovò il maledetto pulsante. Le porte si aprirono e lui si precipitò in strada, dove ad accoglierlo c'era sempre la stessa dannata pioggerella sottile che non lo aveva mai abbandonato da quando era arrivato a Londra. Arrabbiato com'era prese una direzione a casaccio, incominciando a camminare con l'intenzione di mettere la maggiore distanza possibile tra lui e quella bettola. E, intanto, si erano fatte almeno le dieci.

Diciotto

Dov'era finita tutta quella marea di gente che aveva visto fino a poco tempo prima? Le strade erano sinistramente deserte e da qualche minuto si era sollevato un vento fastidioso che gli scoperchiava continuamente l'ombrello. L'aveva tenuto caparbia-mente aperto nonostante quella pioggia fosse talmente fina da poterne fare a meno, ma quando un'asta si era spezzata in due si era deciso a gettarlo stizzito nel primo bidone, rassegnandosi a soppor-tare lo stillicidio freddo delle goccioline sulla testa.

Quella non era la notte ideale per un giro turistico. Londra era terribilmente fredda, una città di una bellezza incantevole ma cupa. Dall'alto del Millennium Bridge le sponde del Tamigi si specchiavano come collane di luci nell'acqua nera. Saint Paul dominava il lato sinistro del ponte con la sua cupola blu, e dall'altra parte il Tate Modern era un gigante nero accovacciato nella penombra. Di fronte a lui i ponti si susseguivano multicolori fino al Tower Bridge che, illuminato com'era, gli ricordava uno di quegli ornamenti di brillanti che si vedono in cima alle corone reali. Tutto solo con le sue riflessioni, Antonio Esposito se ne stava appoggiato al parapetto a contemplare l'orizzonte senza in realtà guardare un granché. Pensava. In trent'anni dalle sue parti non si era mossa una foglia e invece lì era avvenuta una rivoluzione epocale, tanto da far sembrare la sua mappa una pergamena dei tempi di Marco Polo. Giusto per fare un esempio, il ponte dove si trovava in quel momento non era stato ancora costruito, mentre al suo paese a parte il Centro Commerciale tutto negli anni era rimasto più o meno lo stesso come se lo ricordava lui da ragazzino. L'avrebbe volentieri gettata a bagno nel Tamigi quella cartina Touring Club 1982, ma la risparmiò solo perché faceva parte dell'edizione speciale che altrimenti sarebbe rimasta scompagnata. La ripiegò con la solita cura, se la rimise in tasca e si appoggiò di nuovo con i gomiti sul parapetto nella posizione di prima, assorto.

Trent'anni fa aveva amato Londra, nonostante sua moglie e sua figlia lo avessero fatto diventare un convinto anglo-fobico. Anche se all'epoca era molto più grigia e non c'erano tutte quelle luci e quei grattacieli di vetro, si ricordava come se fosse ieri il sentimento che aveva provato la prima volta che aveva messo piede in quella città. I tempi andati gli tornarono alla mente con una botta di nostalgia, insieme al pensiero di come per una volta si fosse sentito al centro del mondo. Il Patriarca se n'era andato al Creatore senza dare un minimo di credito alle sue capacità personali, come d'altronde aveva sempre fatto finché era stato in vita. Ma a Londra Antonio aveva fatto quello che il vecchio non era mai riuscito fare: grazie a quegli esportatori di caciotte aveva dato un bel *respiro internazionale* allo Studio Commercialista Esposito. Non che la contabilità fosse mai stata la sua vera passione, ma quella lì era una sfida personale con suo padre e con quell'asso nella manica si era finalmente preso la rivincita che gli spettava su tutto lo scetticismo che aveva dovuto subire. Sogghignò ripensando a quella vittoria di Pirro, e quando uno spilungone ubriaco attraversò il ponte barcollando lui si piazzò il prezioso trolley con i conti della Canova al sicuro tra le gambe e il parapetto.

Trent'anni fa aveva ficcato nella valigia uno dei suoi tomi di botanica. Ci credeva ancora agli innesti, a quel tempo, tanto che prima di partire s'era immaginato pure un bel giro a Hyde Park per prendere ispirazione dai giardinieri della Regina.

Ma, appena messo piede in Inghilterra, come al solito si era sentito terribilmente in colpa per quei suoi piani che uscivano dal seminato. E così, invece di andare alla scoperta del giardinaggio britannico si era concentrato con ardore su quegli esportatori di primizie laziali, tramutando il suo giro botanico in un tour enogastronomico dei pub e ristoranti londinesi. Aveva sempre avuto la forza di volontà di un'ameba nei confronti della sua passione, un velleitario da manuale. Ogni volta che provava a dedicarvisi, c'era quel senso del dovere nei confronti dello Studio Commercialista Esposito che lo distraeva e lo faceva desistere. Tant'è che anche stavolta il suo povero *Mace* era passato subito in secondo piano non appena aveva comprato i biglietti dell'aereo, perso di vista in quello sprint contabile in cui si era rinchiuso fino al giorno prima per quadrare i maledetti conti dell'Iva. E chissà se l'avrebbe trovato ancora vivo al suo ritorno.

Ci sono dei momenti in cui la vita ti costringe a un amaro resoconto, ma per Antonio Esposito tali momenti sembravano non arrivare mai. Difatti le riflessioni profonde che pareva aver appena iniziato furono spazzate via dai morsi della fame, e lui si buttò le sue memorie alle spalle per avventurarsi alla ricerca di un ristorante.

Quelli nella passeggiata lungo il Tamigi stavano tutti già chiudendo, così arrivato a London Bridge entrò in un vecchio pub dalle finestre rosse, si sedette al tavolo e attese l'arrivo di un cameriere spulciando meticolosamente tutto il menù. Era mezza giornata che non metteva qualcosa sotto i denti e ora che l'effetto della cioccolata calda condita con l'intruglio della Pellecchia era svanito del tutto, già pregustava un bel fish & chips per rifarsi la bocca. Non la mangiava da trent'anni, quella roba lì, e in fin dei conti il pub aveva tutta l'aria di rivelarsi un piacevole diversivo piuttosto che un banale ripiego.

Dopo cinque minuti buoni in cui non era arrivato nessuno a prendere le ordinazioni si avviò spazientito al bancone per presentare le sue rimostranze, e quel giovinastro gli fece subito saltare la mosca al naso. Gli si era rivolto con un'aria di superiorità come San Pietro che gli negava le porte del Paradiso, mentre continuava a spillare la sua London Pride sfoggiando i bicipiti tatuati.

'Non c'è il servizio al tavolo. E comunque la cucina è chiusa, mi spiace.'

'Non è possibile, sono solo le dieci!'

Da dove arrivava il vecchio scorbutico, da Marte? Tutti a lui dovevano capitare? Fino a cinque minuti prima una colonia di tedeschi molesti aveva preso possesso del locale, scatenando un inferno di cori manco il Bayern avesse vinto la Champions. E lui li detestava i tifosi del Bayern, figuriamoci da ubriachi. Tanto per non farsi mancare nulla, gli si era fatto sotto pure un manipolo di Red Devils; e ora questo vecchio piantagrane qui a chiudere la serata in bellezza.

'Senta, gliel'ho detto: è chiusa. Chiude alle nove, mi spiace. La vuole una birra?'

'Mi sta dicendo che a Londra le cucine chiudono alle nove? Roba da matti!'

Il matusa era proprio un polemico.

'Senta, è chiusa e basta. La vuole una birra, sì o no?'

Meglio passare oltre, tanto era sicuro che quello lì non avrebbe ordinato nulla. Turisti, fottuti turisti. L'anno prossimo si sarebbe cercato un pub vicino al suo amato Arsenal, almeno lì i clienti erano gente seria.

Diciannove

Era impossibile che in una metropoli come quella i ristoranti osservassero l'orario di chiusura del Trentino Alto Adige e quel ragazzotto se n'era andato senza aspettare la sua replica, di una scortesia più unica che rara. Prima il brufoloso dell'*Hotel Stonehenge*, e ora questa sorta di David Beckham qui: niente da fare, gli autoctoni gli erano volutamente ostili. Antonio uscì sdegnato dal pub e si mise a vagare di nuovo per Londra, a passo sostenuto e a stomaco vuoto. Prese un autobus al volo giusto per ripararsi un po' al caldo, e in una mezz'ora si ritrovò a Trafalgar Square. Anche lì non c'era anima viva, quasi uno scenario post atomico con l'immancabile pioggia perenne.

Il vecchio ragioniere si piazzò in mezzo alle due fontane colorate a osservare la maestosità della National Gallery. Non ci aveva messo piede neanche trent'anni prima, nonostante si fosse sempre pavoneggiato di avere una certa cultura. All'epoca aveva speso una fortuna per quei quattro falsi d'autore che teneva appesi alle pareti e, orgoglioso di quelle croste, le aveva disposte in un preciso ordine di stile e periodo storico. Ma, per mancanza di tempo, la sua passione per l'arte non si era mai spinta oltre l'arredamento.

La vita è fatta di priorità! lo aveva indottrinato il Patriarca, ci sarebbe sempre stata l'occasione per dedicarsi ad altro. E così facendo, almeno fino a quel momento Antonio aveva sempre tenuto saldo il timone dello Studio Commercialista Esposito nonostante le onde del destino negli ultimi anni lo avessero portato a navigare in cattive acque. Una più che sufficiente giustificazione a tutte le mancanze culturali di cui si era macchiato, pur di non deludere le attese del Patriarca.

Si era alzato di nuovo quel ventaccio gelido, così si sistemò meglio il collo alto del maglione e dopo una bella scrollata di spalle a sottolineare le sue conclusioni, s'incamminò alla volta del semaforo pedonale. Erano già parecchi minuti che aspettava diligentemente il verde spostando il peso da un piede all'altro e guardando la strada vuota in entrambe le direzioni, quando il vento si fece più forte mulinando intorno a lui una miriade di cartacce e foglie secche. Pigiò per l'ennesima volta il pulsante del semaforo ma quello non ne volle sapere di cambiare colore. Ed era già abbastanza seccato dall'inutile attesa, quando una grossa foglia puntò a tradimento nella sua direzione andando a piantarsi bagnaticcia e impertinente proprio sulla sua nuca.

'Eh no, questo è troppo!' considerò stizzito riaggiustandosi i capelli e il collo del maglione. Guardò di nuovo a destra e a sinistra: la strada era vuota, non c'era nemmeno una macchina. Il deserto più totale, con quel semaforo pedonale che sembrava incaponito contro di lui.

'Al diavolo le regole!' sbottò, e risoluto si decise ad attraversare la strada.

Mai gli era preso uno spavento simile, al punto

che non riusciva quasi a fare mente locale sulla dinamica dell'accaduto. Aveva appena azzardato a poggiare il piede sulla strada, che aveva sentito un 'No' gridato a squarciagola da un punto indefinito della piazza. Così si era istintivamente fatto indietro, e subito dopo era stato colpito in pieno dallo spostamento d'aria di un'auto lanciata a folle velocità, un pazzo che lo aveva mancato per un pelo. Altro che l'ambulanza vuota di Margaret, quello sì che era un miracolo: la buonanima del Patriarca gli aveva mandato una mano dal cielo, ne era più che sicuro.

Il cuore gli balzava nel petto all'impazzata tanto che dovette appoggiarsi al lampione per riprendersi, e per una volta mollò persino la presa sul suo prezioso trolley. E dire che aveva guardato bene, a destra e a sinistra, prima di mettere giù il piede. Possibile che quella menagramo di sua figlia gli avesse tirato una disgrazia del genere solo per la buca al *Malafemmena*? Che voleva, che ci lasciasse le penne lui a Londra visto che Margaret se l'era scampata?

Recuperò il flacone vuoto della Pellecchia e se lo portò alla bocca con le mani tremanti, sbatacchiandolo sulla lingua per cercare di cavarne ancora qualche goccia. Cacciò dalla tasca un fazzoletto e si asciugò la fronte, e quando finalmente alzò lo sguardo vide davanti a sé una sagoma sbracciarsi dall'altro lato della strada. Ironia della sorte, adesso il semaforo pedonale era fisso sul verde.

Mite come un agnellino smarrito, attraversò in fretta puntando in quella direzione.

'Salve! Va tutto bene?'

Una ragazzina tra i venticinque e i trent'anni gli

tendeva la mano mostrando un sorriso smagliante, dritta in piedi accanto ad una macchina in panne. Antonio non la guardò neanche in faccia. Con un gesto automatico si limitò a restituire quella stretta insieme a un cenno del capo, tanto aveva la gola secca dallo spavento.

'Quella macchina la stava proprio mettendo sotto! Questione di secondi, accidenti, meno male che il mio urlo è stato efficace. Pazzi, sono pazzi in questa città! Dev'essersi preso un colpo, eh? La vuole un po' d'acqua per riprendersi?'

Parlava un inglese velocissimo e lui annuì di nuovo anche se non ci aveva capito niente, quella sparì all'interno dell'abitacolo e riapparve subito dopo con una mezza minerale in mano.

'Mi scusi non ho il bicchiere, ma ci ho bevuto solo io. Spero che non le faccia schifo.'

Antonio arraffò la bottiglietta e, senza pensarci su due volte, se la tracannò tutta di un fiato; quindi, ancora in stato confusionale, prese a balbettare in italiano.

'Grazie. Grazie davvero. Non so come ho fatto a non vedere quella macchina. Per la miseria, non mi era mai successo!'

'Ma allora lei è italiano! Allora parliamo italiano, no? Anch'io sono italiana, emigrata qui due anni fa. Turista?'

Venti

Da quando era montato in macchina la ragazzina non aveva mai smesso di parlargli con entusiasmo, proprio come fanno gli espatriati che è una vita che non vedono un connazionale. Doveva avere qualche rotella fuori posto, visto che in quelle poche ore che era a Londra aveva notato un numero spropositato d'italiani. Comunque sia, lui non la ascoltava nemmeno, concentrato com'era a tenere d'occhio la strada come se da un momento all'altro potesse succedere una tragedia.

Viaggiavano in una Mercedes bordeaux anni '70 con i cerchi in tinta, e Antonio se ne stava aggrappato alla maniglia con la mano sporca di grasso avvolta in un fazzoletto di carta, rigido come un tronco sul sedile del passeggero. Aveva fatto proprio male a fidarsi di quella matta, una di quelle che invece di frenare inchiodano senza pietà all'ultimo mo-mento, pronte a spergiurare che l'ostacolo di fronte l'hanno già visto sin da chilometri di distanza.

Come se non bastasse, ogni volta che gli rivolgeva la parola quell'incosciente staccava lo sguardo dalla strada e glielo appiccicava addosso per un minuto buono.

'Guardi avanti, Santo Cielo!'

'Scherza? Lo sa da quanti anni è che ho la patente, io?'

L'autoradio era ridotta a un brusio di sottofondo e il suo prezioso trolley con i conti della Canova faceva dei piccoli tonfi sordi ad ogni curva, chiuso nel baule in mezzo a una miriade di altre cianfrusaglie.

Sarebbe stato molto meglio sciacquarsi alla fontana di Trafalgar Square come un barbone o magari rimanere con le mani luride piuttosto che essere ostaggio di quella ragazzina inquietante. Invece, lui si era fatto stupidamente convincere a salire nella sua dannata automobile.

Circa una mezz'ora prima, tracannando la mezza minerale Antonio Esposito aveva ripreso in pieno le sue facoltà mentali. E anziché ringraziare e andarsene, s'era subito rivolto con occhio critico verso quella macchina in panne.

'Un problema al motore?'

'Guardi, ho preso il marciapiede e si è spenta. Ora non ne vuole più sapere di riaccendersi! E' del mio coinquilino, gliela devo riportare il prima possibile, ci deve andare al lavoro stasera. Fa l'infermiere, ha il turno di notte. Mi ha già chiamato tre volte! Insomma, un disastro totale. Ma che ci posso fare, io? Non sono mica un meccanico, io!'

Gli era bastato quel breve scambio di battute per capire all'istante di che razza fosse quella tipa lì, forse persino più logorroica di quella bovina della sua segretaria. Così aveva ficcato la testa dentro al cofano per contrastare immediatamente lo scatenarsi di un nuovo monologo.

'Mi faccia vedere.'

'Ma lei è un meccanico? Che fortuna!'

'No, ma ho una vecchia macchina abbastanza simile.'

Quella Mercedes lì non c'entrava proprio niente con la sua Cinquecento, ma in situazioni del genere al ragionier Esposito prudevano sempre le mani. Oltre che nel giardino della vedova Proietti, non gli pareva vero di potersi rendere utile in qualunque problema gli capitasse a tiro. Non c'era nulla che non fosse alla portata delle sue competenze, non c'era ambito del sapere in cui lui non avesse una seppur minima nozione di base. Un perfetto esempio di tuttologo, oltre che un rappresentante di quella categoria d'individui che si piazzano di fronte ai lavori stradali e dopo una lunga e molesta osservazione incominciano a suggerire un timido punto di vista, ma se gli dai corda finiscono per prendere il posto del direttore del cantiere.

Così, fedele al pattern comportamentale proprio della sua categoria, Antonio aveva incominciato a rivoltarsi le maniche armeggiando sul motore senza tirare la testa fuori dal cofano e, tantomeno, senza che quella gli chiedesse niente.

'Ah ah. Credo di aver capito cos'è successo qui. Mi trovi qualcosa di lungo e robusto. Una chiave inglese, possibilmente.'

'Insomma, lei non è un meccanico.'

'Non proprio, ma ci capisco abbastanza.'

'Dalle sue mani non si direbbe.'

'Cosa c'è che non va nelle mie mani?'

'Sono troppo pulite, e morbide.'

Le mani sono importanti, sono il primo biglietto da visita! questo gli aveva inculcato il Patriarca, che in fatto di conoscenza del genere umano si riteneva più ferrato di un antropologo. Ai tempi della serra del Gianni, quando lui si presentava a casa la sera con le unghie nere di terra, il vecchio era solito insistere sull'argomento addentrandosi in lunghe e sofisticate disquisizioni sociologiche. E tanto aveva martellato su questo tasto, che da allora il ragioniere s'era preso l'abitudine maniacale di lavarsele continuamente.

'Ci sto attento alla mia igiene personale, io. Accidenti, mi faccia luce con qualcosa se vuole che le rimetto a posto la macchina!'

Antonio fremeva così tanto per darsi da fare su quell'auto che per una volta rinunciò alla polemica, troncando sul nascere il tema della sua igiene personale per attaccare con delle sonore mazzate sul povero motorino d'avviamento.

Brandiva un'enorme tronchese che aveva trovato nel portabagagli, e la ragazzina assisteva sconcertata a quello spettacolo facendogli luce col cellulare.

'Ma è matto? Così la scassa!'

'Senta signorina, so benissimo quello che faccio. Io ho una Cinquecento del '60. No, così non va bene, non si vede un'accidenti qui! Mi sta puntando la luce in faccia, non lo vede? La metta più a destra. No, troppo! Che diamine! Più a sinistra ora. Perfetto, la tenga ferma lì.'

Un paio di martellate dopo la macchina aveva finalmente dato segni di vita.

'Ma come ha fatto? Lei è un genio!'

'Ce l'ha un altro fazzoletto? Accidenti mi sono sporcato fino ai gomiti!'

'Mi dispiace li ho finiti, ne avevo solo uno. Ho la pezza spanna-vetri, ma non so se può funzionare. Qui ci vorrebbe dell'acqua e sapone. Se vuole può venire a lavarsi le mani da me. Sono cinque, dieci minuti di strada. Non di più, le assicuro. Davvero, è il minimo che posso fare. E comunque devo scappare, devo riportare indietro la macchina. Allora che fa, viene?'

Ventuno

Ecco perché, grazie alla perizia di Antonio, ora quei due si trovavano insieme a sfrecciare per le strade bagnate di Londra.
'Come mai ha la valigia? Stava partendo? Da dove vola? Se è London City le dò un passaggio io.'
'No grazie, non c'è bisogno. Ho l'aereo domani in mattinata.'
'Ah beh, allora è in largo anticipo! E che ci fa in giro a quest'ora? Non ce l'ha un albergo? Insomma, ancora non mi ha detto nulla di lei. A pensarci bene, neanche ci siamo presentati. Ma si rende conto? E' una mezz'ora che parliamo e neanche ci siamo detti come ci chiamiamo. Io mi chiamo Vera, piacere.'
'Cos'è, matta? Rimetta le mani sul volante! Li facciamo dopo i convenevoli.'
'Senta, veda di darsi una calmata. E' da quando è salito in macchina che non dice una parola. Guardi che non è mica in pericolo di vita, sa?'
Vera accostò senza spegnere il motore, accese la lampadina dell'abitacolo e prese a frugare nervosamente nella borsetta. Quindi tirò fuori una bustina di tabacco e incominciò a rollare una sigaretta.
Ecco chi le ricordava!
Quel pensiero gli era rimasto in un angolo della mente per tutto il tempo ma ora, finalmente alla luce, quella ragazzina le fece davvero impressione.

Era la fotocopia esatta di sua figlia, stesso profilo e stessa matassa di capelli rossi, tale e quale l'aveva vista l'ultima volta dieci anni prima.

L'unica cosa che non avevano in comune era l'abbigliamento sciatto, ma per il resto Antonio Esposito avrebbe giurato di aver fatto un salto indietro nel tempo attraversando quel semaforo a Trafalgar Square. E non solo l'aspetto fisico di Vera gli ricordava sua figlia in un modo sorprendente, ma ora che faceva mente locale lo turbava soprattutto quel suo modo di fare: un acciaio inox ancora più duro, come se quella ragazzina lì non avesse proprio niente da perdere a contraddirlo continuamente. Da dieci anni a quella parte il ragioniere si era abituato male nelle relazioni interpersonali. Ogni volta che pontificava nello Studio Commercialista Esposito la sua parola era il Vangelo, e quel buono a nulla di Lotito rimaneva immancabilmente muto a fissarlo con l'occhio da triglia e la bocca aperta e inespressiva come una fessura. Invece ora si trovava a fronteggiare un vero e proprio osso duro: non era passata nemmeno mezz'ora, che quella ragazzina urticante gli sembrava già quasi una nemesi.

'Che cosa fa, uno spinello?'

'Sta scherzando? Non lo vede che è una sigaretta? Ma per chi mi ha preso?'

Gli rispose ridacchiando mentre leccava la cartina, e poi tornò a incalzarlo di nuovo. Sembrava si divertisse un mondo a metterlo in difficoltà.

'Comunque, non mi ha ancora detto come si chiama. Ora che siamo fermi possiamo presentarci senza correre alcun pericolo, o sbaglio?'

'Antonio, mi chiamo Antonio. E' che sono abi-

tuato a guidare. Mi sento male a stare nel sedile del passeggero, mi viene il mal d'auto.'
'Guardi che se vuole può guidare lei, non c'è problema, le dico la strada.'
'No, per carità. Qui è tutto al contrario.'
'Eh già, la maledetta guida al contrario.'
Antonio non proseguì oltre, anche se per ovvie ragioni anglo-fobiche avrebbe condiviso in pieno quell'affermazione. Non riusciva proprio a sentirsi a suo agio con quella ragazzina lì, e soprattutto non riusciva a smettere di scrutarla di sottecchi. Era un pragmatico e certe elucubrazioni non erano da lui, ma lo stesso non poteva fare a meno di essere inquietato da quell'incredibile somiglianza fisica.
'Allora lei è un turista, vero? Nel senso che non vive qui. E, infatti, l'avevo capito dalla valigia. Dove sta andando?'
'Può abbassare l'autoradio per favore?'
'E' già al minimo, a questo punto la spengo del tutto, basta che si rilassi. Insomma, non me lo vuole proprio dire dove sta andando? Cos'è, un mistero, un segreto di Stato? E' in missione speciale per conto del Signore, tanto per dirla alla Blues Brothers?'
'Alla.. *chi*? Non importa, lasci perdere. Nulla di eccezionale, comunque, sono solo venuto a trovare delle persone e ora sto tornando in Italia. Guardi, non vorrei sembrarle scortese ma sono un uomo solo, non sono abituato a parlare molto con la gente.'
'Mi scusi, non volevo.. Se non vuole parlare stiamo in silenzio, non c'è problema!'
'Ecco, appunto. Grazie.'

Ventidue

Era già una ventina di minuti che giravano per Londra senza accennare ad arrivare. Fuori dal finestrino le strade scorrevano tutte maledettamente uguali e lui non aveva la minima idea di dove si trovassero. La pioggerellina fina era sfociata in un diluvio universale, i vetri erano tutti appannati e a intervalli regolari Vera faceva dei contorsionismi incredibili per raccattare una pezza sudicia dal cruscotto e disappannare il parabrezza mentre erano in corsa. La tensione di Antonio sembrava crescere direttamente proporzionale con la pioggia e, dopo una decina di minuti buoni in cui l'aveva scrutata ancora senza spiccicare una parola, finalmente spezzò di nuovo il suo silenzio.
'Mi scusi, ma sono un po' confuso. Lei assomiglia tantissimo a una persona che conosco, è... incredibile.'
'Davvero? E a chi?'
La macchina rallentò, e Vera parcheggiò davanti ad una fila di case vittoriane dimenticandosi di attendere una risposta. Dai i finestrini bagnati non era facile intuire nulla di più, tuttavia la zona dava l'impressione di essere piuttosto desolata. Antonio aspettò che lei raccogliesse tutte le sue cose, quindi la seguì attraverso il giardino fino all'ingresso.
'Stia attento alle cacche di cane!'
Vera se ne stava accovacciata per terra. Frugava

nella borsa alla ricerca delle chiavi, mentre dall'altra parte della porta si avvertiva un fastidioso raspare. Stretto sotto la tettoia per non bagnarsi, Antonio ispezionò accuratamente entrambe le suole delle sue scarpe. L'angolo del tacco destro era imbrattato da una dubbia poltiglia scura, ma non aveva nemmeno fatto in tempo a finire di esaminarla che lei aprì la porta e un bastardino spelacchiato li accolse festante balzando intorno a loro come un ossesso. Alla vista di quel botolo il ragioniere fece istintivamente un passo indietro.

'Non si preoccupi non ha la rogna, lo so che lo ha pensato. E' solo alopecia nervosa. Si tolga le scarpe per favore. Può lasciarle lì, insieme con le altre.'

Lui non rispose. Rimase impalato vicino alla porta, indeciso sul da farsi, mentre la ragazzina s'incamminava nel buio della casa.

'Arrivo subito! Mi aspetti in cucina, è la prima stanza che trova.'

Alla sua destra c'era un mucchio di scarpe che avrebbe fatto impallidire il banco di un mercatino dell'usato. Un cumulo formatosi in chissà quanti anni alla cui base, ne era certo, doveva esserci qualche calzatura dimenticata. L'osservò disgustato e poi guardò di nuovo di fronte a sé, ma Vera era già sparita in fondo al corridoio. Così scrollò le spalle, rassegnato, e sfilò a malincuore i mocassini dai piedi lasciandoli perfettamente allineati all'estremo opposto del mucchio.

Nella penombra quella moquette sembrava piuttosto lurida, e mentre camminava decise che avrebbe incenerito i calzini piuttosto che metterli nella lavatrice insieme agli altri panni, anche se gli seccava da morire. Erano roba buona, filo di

Scozia, neanche un buco per ben due anni. E se quell'infida segretaria non gli avesse passato la telefonata di sua figlia, tutto questo non sarebbe successo.

Si piantò spazientito all'inizio del corridoio con le mani sporche bene alzate, come un chirurgo appena uscito dalla sala operatoria.

'Ma che sta facendo?'

'Ero venuto solo per il bagno, ricorda?'

'Ah sì, certo. Ultima porta in fondo, davanti a lei. Faccia piano, gli altri ragazzi stanno dormendo.'

'Non si può accendere la luce?'

'No, mi dispiace. E' fulminata.'

Ventitré

Sentirsi a casa è una delle esigenze primarie dell'uomo che, come tutti gli animali, di tanto in tanto ha bisogno di fare ritorno alla propria tana. E quella sera non c'era cosa che Antonio Esposito desiderasse di più al mondo, mentre girovagava inselvatichito e solo per le strade di Londra alla ricerca dell'autobus che lo avrebbe portato a Victoria Station.

Aspettare il treno per l'aeroporto seduto su una panchina della stazione gli pareva la cosa meno spiacevole da fare, anche se pioveva a dirotto e faceva un freddo cane. Era proprio vero che la prima impressione è quella che conta, e a lui quella ragazzina lì non gli era andata a genio sin dal primo istante in cui l'aveva vista. Senza contare l'aggravante di quell'incredibile somiglianza fisica con sua figlia Viola, che lo aveva inquietato per tutto il tempo passato in sua compagnia.

Era ridotto a uno straccio, e del distinto Antonio Esposito che conosciamo sembrava non esserci quasi più traccia. Camminava riparandosi con un ombrellino minuscolo e malandato, cercando di scacciare dalla mente il ricordo di quanto era appena accaduto in quella casa vittoriana. In quel fine-settimana era come se il destino avesse escogitato qualsiasi stratagemma per svilirlo. Tutto quello che gli era successo era più che semplice sfortuna. Era un piano ordito appositamente per sterminare il suo ego, frutto di una mente criminale dotata di una prolifica e perfida inventiva.

Non era bastata sua moglie con la storia della vedovanza, e quella coppia di anziani che lo avevano guardato come un barbone quando aspettava fuori dal ristorante *Malafemmena*; per non parlare del receptionist brufoloso dell'*Hotel Stonehenge*, e di quell'odioso garzone del pub. A rincarare la dose ci si erano messi pure Vera e il suo coinquilino infermiere.

I suoi piedi soffrivano chiusi nelle scarpe bagnate, talmente fradice che ad ogni passo avvertiva un rumore simile a uno sciabordio mentre l'umidità all'interno gli inzuppava i calzini luridi. L'idea di avere le scarpe così malandate gli dava un fastidio tremendo. Cani a parte, c'erano davvero poche cose al mondo che Antonio detestava di più di questo. Il Patriarca gli aveva insegnato a giudicare gli uomini da ciò che indossavano ai piedi: era lì che si poteva vedere il carattere di una persona e, quel che è più importante, anche la sua estrazione sociale e il relativo conto in banca.

Le scarpe non possono mentire! era uno degli l'adagi da lui coniati, che amava decantare ogni volta che chiudeva la porta dello Studio Commercialista Esposito dietro alle spalle del miserabile di turno per deliziarsi subito dopo in un'accurata analisi di tutte le pochezze dedotte dalle sue calzature, da abile scrutatore dell'animo umano quale si considerava. Antonio aveva interiorizzato anche quest'assioma del vecchio, e così si dava da fare tutti i santi giorni sulle sue scarpe con un vigoroso olio di gomito, rendendole lucide come uno specchio in modo che nessuno avrebbe potuto dubitare della sua rispettabilità.

Dopo quelle poche ore passate a Londra, però, il suo aspetto fisico sempre curato gli sembrava ormai un ricordo sbiadito. E lui, ridotto all'ombra di se stesso, sperava solo che il tempo che lo separava dalla partenza scivolasse via il più velocemente possibile. Mai aveva preso tanta pioggia in vita sua, in quel momento sentiva un disperato bisogno del sole del suo paese per asciugarsi le ossa. Era partito in una bella giornata di tarda primavera con quella soffice temperatura prima dell'esplodere della calura estiva. Ma grazie a quell'aereo sembrava aver saltato a piè pari l'estate, per ritrovarsi catapultato in un freddo e umido autunno. Ispirato dallo sciabordio dei suoi piedi, si ritrovò a pensare al mare. Quanto tempo era che non lo vedeva, anni. Eppure era sempre stato lì, a un passo da casa sua. Bastava solo attraversare quei quattro campi di pomidori. Invece lui se ne stava perennemente tappato tra le quattro mura dello Studio Commercialista Esposito, ligio al volere del Patriarca.

Avvistò la fermata dell'autobus dall'altro lato della strada, e fece una breve corsa per rifugiarsi sotto la tettoia della pensilina. Il monitor diceva che il trentotto sarebbe passato dopo un paio di minuti. Si avvicinò alla cartina per fare il punto della situazione e appoggiò l'ombrello per terra per strofinarsi le nocche intirizzite dal gelo.

Per tutto il tempo del tragitto aveva avuto la fastidiosa sensazione di essersi dimenticato qualcosa. In quella casa non si era tolto nulla di dosso se non le scarpe e, a parte lo spiacevole incidente del quadro, si ricordava bene di non aver fatto altro che andare in bagno a lavarsi le mani. Eppure..

Affondò stizzito i pugni nelle tasche trovando un po' di conforto al contatto con le sue cosce calde. Tutte stupidaggini, si disse, e intanto lì faceva un freddo boia. Ma appena vide il trentotto arrivare in lontananza, s'accorse che c'era qualcosa che decisamente non quadrava: aveva entrambe le mani nei pantaloni, appunto, e allora il prezioso trolley chi lo teneva?

Quando se ne rese conto, ebbe un tuffo al cuore. Come aveva fatto a dimenticare una cosa talmente importante? Che fosse stato colto precocemente dall'Alzheimer a causa dei guai cui lo avevano sottoposto sua moglie e sua figlia in combutta? Ci pensò giusto un attimo e poi scosse la testa, infuriato. Altro che demenza senile galoppante, era stata quella ragazzina lì a confonderlo con la storia del quadro e a fargli dimenticare la valigia. Sì, era tutta colpa sua. E di quel maledetto quadro!

Ventiquattro

Era appena uscito dal bagno e brancolava nella penombra del corridoio alla ricerca della cucina quando si era imbattuto nella fatale tela sbilenca. Possibile che in quella casa non ci fosse una cosa per il verso giusto?
Non solo la lampadina del corridoio fulminata, ma anche le manopole dell'acqua calda e fredda erano invertite e lui aveva rischiato un'ustione di quinto grado per lavarsi le mani. Antonio Esposito certe cose proprio non le capiva: ciò che è rotto si ripara, ciò che è storto si raddrizza. Non serve una scienza, che diamine, a volte basta solo un po' più di cura: giusto il tempo di mezzo secondo e quel quadro lì sarebbe tornato dritto come doveva essere. Che ci voleva? Invece la crosta era franata rumorosamente per terra scatenando il finimondo.
'L'ha toccato lei?'
Vera era sbucata dalla cucina con gli occhi fuori dalle orbite, e lui aveva prontamente contrattaccato l'accusa che intuiva tra le righe di quella domanda retorica.
'Attaccateli meglio i chiodi!' le aveva risposto secco.
E dire che aveva cercato di rendersi utile, ma quella invece che ringraziarlo lo aveva costretto a sorbirsi una filippica da manuale quasi all'altezza di quelle che somministrava lui a Lotito ogni lunedì

mattina. E, quel che era peggio, la sua nemesi era stata talmente sagace da non lasciargli nemmeno un appiglio verbale per togliersi dall'angolo in cui l'aveva confinato con la sua retorica. Battuto a tavolino sul suo stesso terreno.

Il botolo spelacchiato gli era passato di corsa tra le gambe dirigendosi come un razzo verso la porta di casa, e subito dopo era tornato indietro alla stessa velocità e per lo stesso percorso, tutto soddisfatto di ciò che gli aveva lasciato nelle scarpe a sua insaputa. E a chiudere in bellezza quella situazione kafkiana era spuntato anche il famigerato coinquilino infermiere, con toni che erano andati in crescendo alla consegna delle chiavi della macchina.

Arrivati a quel punto, il vecchio ragioniere aveva deciso di togliere il disturbo.

'Senta, mi spiace. Forse ho un po' esagerato con la storia del quadro, le chiedo scusa. Se vuole l'accompagno alla fermata dell'autobus. Argo non è ancora uscito per i suoi bisogni e soffre d'incontinenza, è anziano. Se non lo porto fuori ho paura che me la faccia qui da qualche parte.'

'Non si preoccupi, non serve. Mi dica solo come arrivarci.'

Antonio si sentiva così a disagio che gli sembrava che anche quell'orrida bestiaccia lo guardasse come un perdente, ridendo di lui sotto i baffi mentre scolava i mocassini fradici sulla moquette prima di rimetterseli ai piedi.

'Accidenti, sono bagnate pure dentro. C'è un lago qui, maledetta pioggia!'

Ecco com'era andata. Aveva arraffato l'ombrello

che gli era stato offerto e inforcato la porta senza quasi salutare, e nella concitazione del momento si era completamente dimenticato di riprendersi il suo prezioso trolley, oltre che non accorgersi che lo stagno che aveva nelle scarpe non era altro che una bella pisciata di quel botolo.

Senza pensarci su due volte abbandonò la fermata dell'autobus e si avviò sotto la pioggia sacramentando tra i denti. Cercò di rifare il tragitto al contrario, ma quelle strade erano disgraziatamente tutte uguali e non riusciva a trovare alcun punto di riferimento. A ogni incrocio non era sicuro se dovesse svoltare a destra o a sinistra, e più passavano i minuti più si sentiva catapultato all'interno di un incubo, una maledetta corsa contro il tempo in cui dopo un po' si rese conto di girare sempre intorno allo stesso punto.

Eppure ci aveva messo poco per arrivare alla fermata, possibile che quella dannata casa fosse introvabile? Una folata di vento improvvisa gli scoperchiò l'ombrello, e dopo un paio di vani tentativi per rimetterlo a posto lo gettò stizzito nel bidone della spazzatura.

Non aveva mai buttato via così tanti ombrelli in vita sua come in quella giornata. Si fermò ad asciugarsi la fronte con il fazzoletto. Ormai era nel pallone, talmente agitato che credette di avere le allucinazioni quando vide in lontananza un uomo dalla testa di cavallo avanzare barcollando verso di lui. Chiuse gli occhi e li riaprì sperando che nel frattempo quell'assurda visione se ne fosse andata, ma purtroppo la testa di cavallo si fermò di scatto a un metro da lui e gli sbarrò la strada. Antonio non riusciva più a muovere un muscolo, era completamente paralizzato dalla paura. Quel losco individuo puzzava terribilmente di whisky, borbottava tra sé e sé qualcosa d'incomprensibile e all'improvviso proruppe in un'agghiacciante risata. Fu allora che il ragioniere si sbloccò e se la diede a gambe levate.

Correva nella strada buia con tutto il fiato che i suoi polmoni di settantenne gli permettevano, inseguito dall'eco di quella terribile risata. Svoltò prima a destra e poi a sinistra senza neanche pensare a dove stesse andando, e fortunatamente in cinque minuti si ritrovò di nuovo davanti a quella che gli sembrava la casa di Vera. Attraversò il giardino e si fermò di fronte alla porta, cercando di recuperare un po' di fiato prima di bussare.

C'era qualcosa d'inquietante in tutta quella situazione. A parte il fatto che la Mercedes anni '70 era sparita, quella lugubre villetta vittoriana gli diede la brutta sensazione di essere vuota. Scrollò le spalle e si schiarì la gola, e non trovando il campanello picchiò direttamente l'uscio con le nocche. Fece un paio di passi indietro e attese che qualcuno si facesse vivo, ma non successe proprio nulla. Bussò una seconda volta a vuoto, quindi si appiccicò alle finestre accanto alla porta. Da quei vetri sudici non si vedeva proprio niente, neanche il famigerato cumulo di scarpe. Gli venne il dubbio di aver sbagliato, ma poi allontanandosi a metà del giardino e riguardandola bene si convinse che quella doveva essere proprio la casa giusta. Picchiò più for-te con entrambi i pugni, pronto anche a buttare giù la porta a calci se nessuno gli avesse ris-posto. E finalmente sentì scattare la serratura.

'Chi è lei? Che cosa vuole?'

Dalla fessura della porta s'intravedeva la faccia assonnata di un ventenne. Non era certamente l'infermiere, né tantomeno quella ragazzina stramba.

'Cercavo la signorina Vera, è in casa? Ho dimenticato qui la mia valigia.'

'Chi?'

'Vera, la signorina Vera.'

Antonio aveva scandito bene le sillabe con il cuore in gola, mentre quello lì gli chiudeva la porta in faccia senza nemmeno degnarlo di una risposta.

Pensò di attendere un nuovo segno di vita, ma dopo neanche un minuto rincominciò a picchiare come un ossesso con entrambi i pugni.

Aveva ancora le mani alzate quando, finalmente, gli si parò di fronte la ragazzina.

'Salve.'

'Signorina ho dimenticato qui la mia valigia!'

Era in pigiama e lo guardava con un'aria implacabilmente neutra, come se non lo avesse mai visto prima in vita sua. In che razza d'incubo era finito, possibile che quella lì non si ricordasse di lui?

'La valigia, il mio trolley! Dov'è?'

Vera strizzò gli occhi e spalancò le fauci in uno sbadiglio mostrandogli le arcate dentali al completo e parte della laringe. Quindi gli rispose con tutta la tranquillità del mondo.

'Ah, sì. Mi scusi, non l'avevo riconosciuta. Dormi-vo e non ho messo gli occhiali. Di solito porto le lenti a contatto. Prego entri, entri pure.'

Antonio se ne stava seduto in cucina con la testa tra le mani, alzando di tanto in tanto gli occhi al cielo in un atteggiamento melodrammatico da uomo distrutto. Aveva già rimesso dritti e allineati il sale e pepe buttati al centro della tavola, così non gli rimaneva altro da fare se non stirare compulsivamente gli angoli della tovaglia continuando a ripetere disperato la stessa cantilena.

'Questo è un disastro, un vero disastro!'
'Lo vuole un caffè?'
'Macché caffè! Si rende conto?'
'Senta, non ricominciamo. Si dia una calmata. La sua valigia è al sicuro, nessuno gliela tocca. Domani mattina il mio coinquilino torna con la macchina e la prendiamo dal portabagagli. Che problema c'è?'
'Signorina, io ho l'aereo domani mattina e non posso perderlo, lo capisce sì o no? Lunedì mattina devo essere allo Studio, e lì dentro ci sono dei preziosissimi documenti in originale. Ho delle responsabilità io, che diamine! Se qualcosa va storto qui salta tutta la baracca!'

Vera cercò inutilmente di aprire la caffettiera, quindi si avvicinò al tavolo e gliela mise in mano riposizionando il sale e pepe rovesciati così com'erano prima che lui li raddrizzasse.

'Me la apre, per piacere?'
Antonio l'afferrò stizzito per dargli una sonora mazzata in terra.
'Che fa? Un'altra delle sue?'
'E' una questione di pressione interna, un fenomeno fisico. Accidenti, lasci stare è bloccata. Insomma, possibile che non si rende conto? Se domani perdo quell'aereo, io che faccio?'
'E va bene, niente caffè. Tanto lei mi sembra già abbastanza agitato.'

'A che ora ha detto che torna il suo coinquilino con la mia valigia?'
'Alle sette e mezzo, credo.'
'Santa miseria! Io ho il treno per l'aeroporto alle sette. Ecco, ho perso l'aereo. Lo sapevo!'

Il ragioniere si era alzato di scatto per poi accasciarsi di nuovo nella posizione di prima, rimettendo in ordine il sale e pepe. Vera li prese dalla tavola e li chiuse dentro un cassetto.

'Scusi, ma a che ora decolla?'
'Il gate chiude alle dieci ma devo fare ancora il check-in. Non ce la farò mai!'
'Se chiude alle dieci ce la fa, eccome! Senta, mi ascolti. Facciamo il check-in on line adesso, poi lei se ne torna in albergo e si rilassa. E domani viene qui alle sette e mezza. Al massimo alle otto e mezzo è sul treno, alle nove all'aeroporto. Se prende il treno veloce è solo mezz'ora, spende un po' di più ma ne vale la pena. Ha visto? E' tutto risolto!'

Venticinque

'Non può aspettarmi, che l'ho accompagnata a fare? Ha detto che la reception chiude a mezzanotte, e il suo albergo è qui, dietro l'angolo. Ce la fa, non si preoccupi, non c'è bisogno di correre a questo modo!'

Antonio procedeva almeno mezzo metro davanti a Vera, puntando verso il terribile *Hotel Stonehenge*.

Per una volta la ragazzina aveva ragione: anche se quella notte non avrebbe dormito, rinchiudersi di nuovo dentro quella bettola era sempre meglio che esporsi ad altri incontri con uomini dalla testa di cavallo, o qualsiasi disgrazia potesse riservargli quella città. E meno male che lui l'aveva tanto amata Londra, perché in quei momenti di patimento si ripromise di non rimetterci mai più piede. Tutto quel disastro era accaduto per colpa dell'idea balzana di passare la notte a zonzo, ma soprattutto per colpa della sua segretaria - degna consorte di quell'inetto di Lotito - che gli aveva prenotato una stanza con i topi di fogna. L'avrebbe pagata cara, la bovina. Al suo ritorno le avrebbe fatto causa per danni morali, oltre che materiali.

Teneva tra le mani le spoglie della sua cartina Touring Club 1982. Fortunatamente il pezzo con il tragitto fino al fetido albergo era stato risparmiato dal volo nella pozzanghera, e il destino sembrava essere tornato in suo favore giacché l'*Hotel Stonehenge* si trovava proprio a due passi da lì. Si

fermò ad un incrocio e si mise ad esaminare la mappa. Vera lo raggiunse e gli si parò di fronte, cercando di riprendere il controllo della situazione.
 'Di qua. Andiamo, mi segua.'
Poi attraversò la strada, e l'aspettò sul marciapiede opposto.
Antonio staccò gli occhi dalla cartina puntandoli nella direzione contraria.
 'Viene o aspetta che chiude la reception?'
 'Eh, no! La cartina parla chiaro: è di qua.'
 'Senta, faccia un po' come le pare, ma io le dico che è di qua. Quella è una cartina *turistica*, le scorciatoie non sono segnate. Io ci vivo, a Londra, si vuole fidare una buona volta di me?'

In meno di cinque minuti erano di fronte all'ingresso dell'*Hotel Stonehenge*.
Il ragioniere controllò l'orologio da polso: segnava ancora le dieci e mezzo.
 'Accidenti anche a questo! Com'è possibile che si sia fermato proprio oggi? Non ha mai perso un colpo, in trent'anni!'
Frugò nelle tasche alla ricerca del cellulare e poi sbottò di nuovo.
 'E certo, è nella valigia pure quello! Tutto in quella maledetta valigia, accidenti!'
Come al solito Vera lo guardava con un'ombra di sorriso sulle labbra e, anche se questa cosa lo faceva imbestialire, per una volta decise di soprassedere. Tanto ormai non l'avrebbe più rivista, se non alla consegna del prezioso trolley.
 'Che ore sono?'
 'Mezzanotte meno dieci.'
Scrollò le spalle alla sua solita maniera e senza

dirle altro si avviò a passo di marcia verso l'ingresso.

'Che fa, non saluta?'

'Certo, ha ragione. Mi scusi.' borbottò mentre tornava su sui passi.

Le porse la mano, e Vera ricambiò la stretta guardandolo dritto negli occhi, con severità.

'Ci vediamo domani mattina alle sette e trenta.' aggiunse.

Antonio spiccicò un 'Grazie' a denti stretti e lei semplicemente sorrise, soddisfatta.

Ventisei

Il ragionier Esposito entrò nell'*Hotel Stonehenge* con un cipiglio battagliero. Alla reception c'era sempre lo stesso giovanotto dei topi. Si schiarì la voce ma il fannullone non accennava a staccare gli occhi dal monitor, né la mano dal mouse che cliccava freneticamente mormorando i versi di una canzone rap. Quando si accorse che indossava gli auricolari, decise di attirare la sua attenzione assestando un sonoro pugno sul bancone. Quindi si sporse verso lo schermo del computer, e vide che quell'inutile essere pieno di foruncoli si stava sollazzando con una foto porno.

Eh no, nemmeno Lotito avrebbe mai osato tanto sul posto di lavoro! Così assestò il colpo decisivo con entrambi i palmi aperti sulla formica, e lo fece saltare dalla sedia di venti centimetri.

La vendetta è un piatto che va consumato freddo, questo pensava il brufoloso receptionist dell'*Hotel Stonehenge* mentre sulle note di Eminem scorreva le foto imbarazzanti della sua ex ragazza. La stronza si era fatta anche un account Instagram e non gliel'aveva mica detto, ma lui era troppo furbo e l'aveva scovato lo stesso. E guarda come si divertiva alle sue spalle, praticamente una doppia vita! Aveva ingrandito la foto della vasca da bagno per vedere meglio attraverso le bolle del bagnoschiuma e nello stesso istante era apparso un cuoricino del like con il nome di James. Alla faccia dell'amicizia, questo sì che era un colpo basso! Il brufoloso receptionist si avventò sul monitor per lanciarlo dalla parte opposta della sala, ma un rumore sordo in sottofondo lo distolse all'improvviso. Così levò le cuffie dalle orecchie e girandosi verso l'entrata incontrò il vecchio dei topi che lo guardava in cagnesco. Un tempismo perfetto: non bastava la macabra scoperta di Instagram, adesso pure quel pazzo irascibile alla riscossa.

'Buonasera. lo apostrofò neutro.

Antonio cercò di mascherare il tono iracondo dietro al consueto *aplomb* alla Studio Commercialista Esposito.

'Buonasera. Sono tornato a riprendere la mia stanza.' disse.

Malefico vecchiaccio, non aveva detto che se ne andava allo Sheraton? Se era tornato per litigare si sbagliava di grosso, lui non intendeva dargli il minimo appiglio per la storia dei topi.

'Sì, ma il *dottore* ha fatto il check-out.'

Il ragioniere inarcò un sopracciglio, quindi cercò di assumere un'aura zen rinunciando per una volta alla battaglia. Quella sera aveva solo voglia di mettersi al riparo dagli eventi, e di far passare il tempo il più in fretta possibile.

'Sì, lo so, ma rivorrei la stanza.' contrattaccò mellifluo.

Ottimo, lo avrebbe liquidato il prima possibile. Anzi, se lo sarebbe proprio tolto dai piedi. Doveva ancora controllare tutto l'account Instagram di quella stronza e magari c'erano anche delle foto con James, vatti a fidare degli amici!

'Allora deve pagare di nuovo, mi dispiace.'
'Va bene, non c'è problema.'

Il malcapitato receptionist non credeva alle sue orecchie. Era sicuro che con una richiesta del genere il vecchiaccio se la sarebbe filata, invece la sua risposta lo lasciò basito. La tenacia di certi spaccapalle é quasi ammirevole, pensò alzando gli occhi al cielo. E si rassegnò a prendere il registro. Gli avrebbe dato la suite imperiale piuttosto che vederlo sbucare di nuovo come l'altra volta, ma purtroppo in quella bettola i topi erano ovunque.

'Bene. Mi dia un documento.'

Antonio mise mano al portafoglio e, non trovando la carta d'identità al solito posto, prese a svuotarlo direttamente sul bancone.

'Un attimo.' masticò tra i denti mentre passava in rassegna minuziosamente tutti gli scomparti vuoti, ma del suo documento non c'era traccia.

Cacciò tutto in tasca con le mani tremanti e si appoggiò al bancone. Doveva avere la pressione a valori disumani per quanto gli girava la testa, se la Pellecchia lo avesse visitato in quel momento gli avrebbe fatto un'endovena di quei fiori di Bach.

'Non capisco, accidenti! Era qui, nel portafoglio. Non mi dica che l'ho perso.'

Parlava più che altro a se stesso, ma il brufoloso non perse l'occasione per rispondergli a tono.

'E io che ne so? Senza documento la stanza non gliela posso dare.' esclamò trionfante.

In mezzo a tanta sfiga finalmente un po' di fortuna: il vecchio era fottuto, ora non gli restava che alzare i tacchi e levarsi di torno. Ma quello, invece di andarsene, sbattè un vigoroso pugno sul bancone che lo fece trasecolare. Adesso era pure pericoloso, il rudere? Per precauzione mise la mano sul telefono, pronto a chiamare la polizia.

'Accidenti! Senta, sono andato via di qui nemmeno un paio di ore fa. Avevo la stanza al secondo piano. Quella coi topi, non ricorda? C'era lei qui all'ingresso!'

Antonio non era il tipo da demordere tanto facilmente e quella stanza gli serviva, ormai gli serviva più di qualsiasi altra cosa. L'avrebbe presa a tutti i costi: topi e doppio pagamento annessi.

'Mi dispiace, ma senza il documento non posso fare nulla.'

Possibile che il vecchio non se ne volesse andare? Ormai era una questione di principio, la stanza non gliel'avrebbe data nemmeno se lo pregava in ginocchio.

Il ragioniere cambiò strategia. Folgorato da un'idea geniale, sfoderò il biglietto da visita dello Studio Commercialista Esposito strisciandolo lentamente sul bancone. Era un professionista lui, possedeva addirittura un'attività in proprio. Non era mica un pezzente qualunque!

'Guardi! Lo vede? Glielo traduco io: sotto il nome c'è scritto *proprietario*. Capito? *Proprietario*!'

'Questo non è un documento.'

'Si rende conto di chi ha di fronte? Sono una persona rispettabile, io.'

Il receptionist guardò l'orologio. Mezzanotte. Era fatta: quel vecchio rompiscatole poteva farsi pure venire un travaso di bile, ma la baracca era chiusa. Finalmente avrebbe avuto tutto il tempo per capire questa storia delle foto. Non sapeva ancora come, ma avrebbe scoperto tutto della sua ex. Quella sera si sentiva più scaltro di una faina.

'La reception è chiusa. Arrivederci.' sentenziò lapidario mentre rimetteva il registro al suo posto.

Antonio guardò l'orologio che pendeva sbilenco dietro al bancone.

'Non è chiusa! E' mezzanotte meno due! Controlli in quel maledetto registro. Non ha bisogno del mio documento, ha già preso tutti i miei dati ieri. Sono Antonio Esposito. E che diamine!' urlò mentre sentiva il volto avvampare e la giugulare gonfiarsi sulla fronte.

Chi si credeva di essere quel ragazzino lì? La stanza gliela doveva dare, eccome. Era contro la legge quello che stava facendo. Lo avrebbe denunciato, gli avrebbe rovinato la vita. Maledetto pidocchio brufoloso. Nessuno lo avrebbe più assunto, nemmeno a lavorare in un albergo a ore.

La faccia del vecchio pareva aver preso fuoco, tanto era rossa di rabbia. Il receptionist alzò la cornetta per comporre il numero delle emergenze e farlo sbattere fuori dalla polizia, ma quello mise una mano sopra la sua e gliela abbassò di scatto. Un pazzo, un pazzo furioso.

'Fermo, non mi tocchi!' urlò sperando di attirare l'attenzione di qualcuno, anche se sapeva benissimo che quella topaia era maledettamente vuota.

Antonio aveva il fiato corto. Se il ragazzino avesse chiamato la polizia lui sarebbe finito su tutti i quotidiani in prima pagina. Già vedeva il titolone: *Stimato professionista aggredisce a testate un giovane receptionist londinese.*

E la vecchia Proietti che rilasciava l'intervista a uno di quegli squali del TG4. Gli pareva quasi di sentirla, la carogna, mentre parlava contrita con la mano sul cuore e la solita ribollita in pentola.

'Un brav'uomo, davvero un brav'uomo. Chi l'avrebbe mai detto? Pensi, mi ha salvato le piante mille volte dalla furia distruttrice del mio amato cagnolino.'

Quell'invertebrato di Lotito avrebbe preso possesso dello Studio Commercialista Esposito mentre lui marciva nelle prigioni di Sua Maestà, e il feudo sarebbe andato alla rovina con i muri tappezzati di foto di mostre canine. Tutto l'onorato lavoro del Patriarca passato alla storia solo per colpa di un clamoroso caso giudiziario internazionale, per non parlare del buon nome della famiglia Esposito balzato alle cronache per quella questione infamante sulla quale chissà quanto avrebbero perfidamente ricamato sua moglie e sua figlia.

No, non poteva proprio permetterlo. Si sistemò il maglione, diede una scrollata di spalle e si decise ad andarsene da quella stamberga una volta per tutte, senza aggiungere una parola. Ma quando stava per arrivare alla porta fece un paio di passi indietro e si fermò al centro della sala, tanto per sottolineare alcuni concetti che gli sembrarono necessari in nome del suo orgoglio ferito.

Che faceva quel vecchio pazzo? Una piroetta su se stesso, una scrollata di spalle ed eccolo che tornava di nuovo alla carica. Lui aveva preso il telefono e se lo stringeva al petto con il dito pronto sul numero uno. Non chiamava gli sbirri solo perché aveva una canna pronta vicino al mouse, ma se fosse stato proprio necessario se la sarebbe ingoiata prima del loro arrivo.

Quel receptionist lo guardava con la stessa espressione da ebete di Lotito quando gli somministrava il liscio e busso del lunedì. Tutti uguali, i giovani d'oggi. Antonio alzò un dito al cielo, e scandì forte le parole in modo che il brufoloso potesse sentirlo bene.

'Non finisce qui! Io prendo nota, sa? La denuncio, ragazzo. Lei non lavorerà mai più in tutta la sua vita, glielo garantisco io!' e tanto era l'impeto che rischiò di andare a sbattere contro i vetri chiusi dell'ingresso.

Il receptionist si rintanò nello sgabuzzino con il telefono ancora stretto al petto. Quel vecchio pazzo stava cercando il bottone per aprire la porta, ma lui non si sognava nemmeno di dargli una mano. Stavolta se la sarebbe cavata da solo.

Antonio finalmente guadagnò l'uscita e il vento gelido che gli tagliò la faccia lo fece tornare definitivamente in sé. Si appoggiò al muretto alla fine del giardino, distrutto, realizzando quanto quella situazione fosse drammatica. Si sentiva come una lumaca scoperchiata, senza un tetto sulla testa e con le energie di un mollusco. E mentre si abbandonava allo sconforto con la testa tra le mani, sentì qualcuno che gli toccava la spalla. Era ancora quella ragazzina lì, la causa di tutti i suoi mali.

'Che ci fa qui?'

'L'ho aspettata, volevo essere sicura che andasse tutto bene. Che succede? Non le hanno dato la stanza? Venga da me, le cedo il mio letto. Non c'è problema, io dormo nel sacco a pelo. Ci facciamo un tè caldo e mi racconta tutto con calma, va bene?'

'Non mi sembra una buona idea.'

'Senta, non faccia tanto il difficile. Non credo che abbia alternative, o sbaglio?'

Ventisette

Si trovavano di nuovo in quella casa vittoriana, lui e Vera. Antonio sedeva in cucina nella stessa posizione di prima, solo che sul tavolo al posto del sale e pepe c'era un piatto vuoto con le briciole di una torta al cioccolato.

'L'ho fatta io, ne vuole un pezzo? Non faccia complimenti!'

Da principio si era schermito, più che per educazione perché a giudicare dall'igiene di quel posto l'offerta era sicuramente perniciosa per la sua salute; ma alla fine la fame aveva vinto sulle sue preoccupazioni sanitarie e se l'era divorata a quattro palmenti, quella torta, trangugiando bocconi amari come l'ultimo pasto del condannato prima dell'esecuzione. Non aveva scampo, ormai era completamente dipendente da quella ragazzina inquietante. E ciò che lo angosciava di più era il fatto di non riuscire a partire la mattina seguente, ora che insieme alla valigia aveva perso anche il documento. Se il lunedì successivo non si fosse presentato alla Canova con i conti dell'Iva in originale sarebbe stata la fine dello Studio Commercialista Esposito. Era certo che quel salame di Lotito non avrebbe mai saputo cavarsela da solo e, a parte quello, lui stesso non era convinto del lavoro svolto. Per questo aveva pianificato un'ultima domenica di passione all'insegna della contabilità.

Dopo la famosa telefonata di Viola si era tumulato vivo in casa lavorando giorno e notte senza sosta, ma era stato accompagnato dal resoconto degli ultimi dieci anni della sua vita e non era più riuscito ad avere lo stesso mordente di una volta su quei maledetti conti. Aveva sbattuto in un angolo il suo povero *Mace* e si era sforzato di non avere altro che numeri per la testa, tuttavia non era riuscito a fare a meno di chiedersi come sarebbe stato l'incontro con sua moglie dopo tutti quegli anni. Ma, soprattutto, quello con sua figlia, di cui non sapeva nulla se non il fatto che era viva. Che cosa avrebbe scoperto una volta arrivato a Londra?

Quando dieci anni prima Viola gli aveva brutalmente tolto ogni speranza di un degno erede per l'impero del Patriarca, Antonio non aveva voluto minimamente sapere quale fosse stata l'alternativa che l'aveva allettata a tal punto da rivoltarglisi contro. Non poteva esserci nulla di meglio del futuro che aveva in serbo suo padre per lei, era ovvio. Niente avrebbe potuto dargli la solidità economica che lo Studio Commercialista Esposito gli avrebbe garantito e Viola non era altro che una sciocca, una che aveva dato un calcio alla fortuna come fanno in tanti per inseguire qualcosa di frivolo e inconsistente. Il ragioniere era talmente arrabbiato e deluso da sua figlia che all'epoca l'aveva semplicemente archiviata come si fa con un pensiero sgradevole, senza volere alcuna spiegazione. Aveva chiuso l'argomento in un cassetto e buttato via la chiave.

Ma durante quell'ultima settimana, l'immagine di

Viola era tornata a tormentarlo. Se la vedeva battersi con il vecchio per un posto in prima fila nella sua mente. E ogni volta che arrivava ad angustiarlo, il Patriarca si scagliava contro di lei come una burrasca che spiantava le radici di qualsiasi pensiero uscisse dal seminato contabile. Aveva fatto così anche con il povero *Mace* nascosto dietro al gigante ficus beniamina che trionfava in salotto, al quale non riusciva a fare a meno di dare una sbirciatina di tanto in tanto col cuore stretto. Più Antonio lo vedeva crescere sereno e più gli veniva una voglia matta di prendere in mano gli arnesi del mestiere e dedicarsi a mille altri esperimenti, piuttosto che sedersi alla scrivania di fronte alla partita doppia. Ma subito dopo si sentiva così colpevole che l'avrebbe persino dis-trutto, il suo povero *Mace,* per quanto lo amava e lo odiava allo stesso tempo.

Certi sentimenti non si possono spiegare, certi intricati garbugli dell'anima si vivono irragionevolmente senza riuscire a venirne a capo, e il risultato era uno solo: che grazie a quei due pensieri costanti, sua figlia e il *Mace*, il rigore contabile di Antonio Esposito per la prima volta nella sua esistenza se n'era andato a farsi benedire, al punto tale da rischiare di buttare tutto a gambe all'aria.

'Come ho fatto a perderla? Come ho fatto a perdere la carta d'identità? Santa miseria! Come ho fatto?'

Il ragioniere scuoteva la testa non riuscendo a darsi pace, mentre raccoglieva senza pudore le ultime briciole di torta al cioccolato dal piatto e si scrollava di dosso la mano che Vera gli appoggiava

periodicamente sulla spalla.
'Andiamo a letto, è tardi. Non si preoccupi, vedrà che domani mattina troviamo una soluzione anche per questo. '

Ventotto

'Le avevo detto di aspettare in cucina. Faccio un po' d'ordine, ci metto un attimo. Mi scusi, è che non ho mai molto tempo per mettere a posto.'

Antonio si fermò sulla soglia, non aveva mai visto niente di simile in vita sua. Quello che aveva di fronte non era semplicemente disordine, era il caos materializzato tra quattro mura. In quella stanza non c'era quasi un centimetro di superficie calpestabile: il pavimento era ricoperto da uno strato uniforme d'indumenti e biancheria, che sbucavano persino da sotto i mobili.

Vera aveva aperto l'armadio a muro e ci ficcava dentro a bracciate tutto ciò che trovava sulla sua strada. Il botolo spelacchiato si aggirava festante intorno a loro, saltando alternativamente dal letto al sacco a pelo che lei aveva srotolato per terra.

'Per favore, può chiudere il cane fuori di casa?'

'Sta scherzando? Argo dorme con me. Non si preoccupi, sul letto con lei non ci viene.'

Il vecchio ragioniere non trovò neanche la forza di obiettare. Tutto quello che avrebbe voluto era irraggiungibile come l'aereo che era certo avrebbe perso il giorno dopo. Così si accasciò sul letto e fece per togliersi le scarpe, dimenticando di essere già a piedi scalzi.

I muri erano tappezzati di fotografie, proprio come il suo salotto. Ma nelle sue c'erano sempre le stesse tre persone, riunite ormai solo in una cornice. Quelle foto lì, invece, gli davano l'impressione di essere istanti di un tempo vivo, le foto di Vera avevano il sapore di storie che continuavano a scorrere al fianco di quella ragazzina, e questa sensazione alimentò la sua inquietudine. Si soffermò su quella di lei con il tocco in testa, che la ritraeva mentre mostrava orgogliosa la sua tesi.

'Laureata?' le chiese incredulo.

'Sì, perché? Le pare tanto strano?'

'E in cosa, se posso chiedere?'

'Certo che me lo può chiedere, non è mica un segreto: computer grafica!'

Antonio si era sempre sentito in difetto nei confronti dei laureati. Un sentimento che coniugava alla perfezione il vittimismo con l'invidia, come se a lui il diritto allo studio lo avessero negato. Di fronte a quella foto gli balenò il bieco pensiero che ormai al giorno d'oggi l'università la finiscono tutti, e magari pure quel botolo spelacchiato aveva il suo titolo accademico. Persino quell'invertebrato di Lotito s'era preso il suo pezzo di carta, lui che nella scala evolutiva occupava il posto immediatamente successivo a quello dei lombrichi. E pensare che avrebbe voluto appenderlo dietro alla scrivania, proprio accanto al suo diploma di ragioniere e a quello del Patriarca. E invece no, mai e poi mai: sui muri dello Studio Commer-cialista Esposito non c'era spazio per quel titolo immeritato!

'Computer grafica? E sarebbe?' sputò con aria di sufficienza.

'Ma come, non sa cos'è?'

Vera non perse occasione per partire entusiasta con una spiegazione di quella disciplina accademica, per poi agganciarsi a un resoconto dettagliato degli ultimi dieci anni della sua vita.

Parlava a briglie sciolte, e lui già rimpiangeva di non essersi fatto i fatti suoi per l'ennesima volta quando il discorso cadde sulla piccola azienda familiare di cui il padre era titolare in Italia. E tutto si fece più interessante.

'Ma sì, una cosa piccola. Di quelle di provincia. Se l'era tirata su tutta da solo, e gli andava anche bene. Quando ho iniziato gli studi l'idea era che sarei andata a lavorare con lui. Poi, invece, mi hanno preso qui.'

Antonio inarcò un sopracciglio e la guardò dritta negli occhi.

'Davvero? E suo padre? Come l'ha presa col fatto che lei è venuta qui?'

Aveva fatto questa domanda con ben più che una punta d'ironia, pregustando la risposta che si aspettava di ricevere indietro. Quella storia era incredibilmente simile alla sua, e s'immaginò all'istante un'epopea di tragedie familiari, dove l'indiscusso protagonista era quel pover'uomo, deluso e tradito. Un onesto padre di famiglia costretto dopo chissà quanti sacrifici a radiare la figlia ingrata dal testamento, come aveva dovuto fare lui con Viola.

Più ci pensava, più si sentiva forte del suo comportamento negli ultimi dieci anni. Probabilmente anche Viola viveva sommersa da cumuli di vestiti da lavare, in una catapecchia come quella lì invece che in una bella casa come quella che suo padre si era comprato con un mutuo trentennale grazie allo Studio Commercialista Esposito. Quella stanza miserabile non era altro che la dimostrazione delle sue congetture, la fine che avrebbe fatto anche lui se fosse corso appresso alla serra del Gianni anziché immolarsi alla promessa fatta al Patriarca in punto di morte.

Ora poteva permettersi un salotto pieno di piante lussureggianti, piuttosto che trovarsi dall'altra parte del bancone a vendere limoni a contadini arricchiti e ignoranti che li avrebbero fatti schiattare alla prima gelata. Tanto gli innesti al Gianni non gli erano mai riusciti, quello più che altro passava le sue giornate a staccare foglie ingiallite e a riempire vasi di coccio. Figuriamoci se lui, che non era altro che un garzone di una misera serra di provincia, sarebbe mai diventato un genio della botanica!

Solo uno su mille ce la fa, come cantava Gianni Morandi, e intanto gli altri novecentonovantanove finiscono così: a crepare di stenti e d'illusioni. Tanto valeva coltivarsi la passione nel tempo libero, senza sprecare la vita dietro a mete irraggiungibili. Aveva ragione il Patriarca, aveva avuto proprio ragione lui: nella vita bisogna stringere qualcosa di concreto tra le mani, altro che terriccio e sogni. E seguendo le direttive del vecchio, lui si era fatto un gruzzolo in banca più che dignitoso.

Invece quella ragazzina lì viveva nella miseria, esattamente come Viola: lo aveva capito subito che era una tipa insensata e cocciuta, tale e quale sua figlia. Se l'erano meritato entrambe, un presente del genere. Come Icaro con le sue ali di cera, quelle due pensavano di volare in alto e cavalcare l'onda del successo grazie a chissà quale idea inconsistente. Invece, non avevano fatto altro che sprofondare in un baratro.

Antonio si guardò intorno soddisfatto mentre

Vera continuava imperterrita a blaterare. La conferma alle sue congetture gli era arrivata appena messo piede in quella stanza, a discapito delle apparenze che Viola gli aveva voluto mostrare con il ristorante *Malafemmena*. Questa era la punizione esemplare per non aver seguito ciò che il Patriarca aveva prima inculcato a lui, e che lui avrebbe volentieri trasmesso a sua figlia. Non poteva che essere così, proprio come pensava. Non aveva mai saputo che ci facesse sua figlia a Londra, ma era certo si trattasse di qualcosa che non aveva nulla a che fare con la contabilità. La certificazione gli era costata un patrimonio e quella scriteriata l'aveva buttata alle ortiche, inseguendo chissà quali progetti inconsistenti che si era messa in testa di fare lontano dal suo controllo.

Ormai tronfio delle sue considerazioni si aggirava per la stanza guardando con aria di sfida le fotografie appese ai muri, finché inciampò sulla frase conclusiva della saga familiare di quella ragazzina ribelle.

'Quando siamo andati al cinema insieme mio padre si è commosso a vedere i miei disegni, pensi che il giorno dopo voleva pagare il biglietto a tutto il paese!'

Lo aveva detto ridendo, come la fine di una bella favola.

'Come scusi?'

'Non mi ha ascoltato?'

'Certo che l'ho ascoltata! Stava dicendo del film. Riassumendo: suo padre sembra contento della sua scelta. Intendo, del fatto che lei abbia abbandonato l'attività di famiglia per venire qui. E che fine ha fatto la ditta? E' figlia unica o ha fratelli?'

'Che domande mi fa? No, non ho fratelli, sono figlia unica. Mio padre è in pensione, ormai. Perché vuole sapere della ditta? E comunque, certo che è contento! Lo è stato fin dall'inizio. Lui è felice se io sono felice, non mi ha mica imposto la sua vita.'

Ventinove

Il ragioniere si era trascinato verso il bagno e ci si era barricato dentro, sconfortato. Non si aspettava proprio una risposta del genere e, anche se non aveva intenzione di essere costretto a ripensare la sua condotta degli ultimi dieci anni, la storia di Vera lo aveva avvilito. Se ne stava seduto sulla tazza, perso nella contemplazione delle fratture delle maioliche. Da quella posizione si vedeva riflesso nello specchio come un mezzobusto del telegiornale. Aveva gli occhi stanchi e l'aria da vittima, e non riusciva nemmeno a farsi una sana cacata tanto era giù di morale. E pensare che prima di partire era certo che quelle due donne ingrate lo avrebbero supplicato di riprendersele entrambe con sé. Invece, gli avevano teso quella trappola solo per svilirlo.

Gli tornò in mente sua moglie, inaspettatamente forte e florida ancora più di come l'aveva lasciata. Aveva avuto il coraggio di rifiutarlo per una seconda volta, facendolo sentire come un peso che finalmente si era levata dai piedi. Il pensiero di quell'umiliazione in ospedale gli fece ribollire il sangue di rabbia. Mai era stato trattato a quel modo nella sua vita, come un signor Nessuno. Aveva dovuto persino lasciare un documento per dimostrare chi era. Se il Patriarca fosse stato ancora vivo lo avrebbe certamente preso a schiaffoni per questa storia ridicola in cui si era cacciato. Così, in assenza del vecchio, si scrollò l'apatia di dosso da solo flagellandosi con l'acqua gelata sulla faccia finché le guance gli diventarono rosse dal freddo. E, proprio in quel momento, fu folgorato dalla *rivelazione*.

Spalancò la porta del bagno mentre il maledetto quadro franava di nuovo a terra, ma questa volta non gliene importava un fico secco. Attraversò correndo il corridoio e aprì di scatto la porta della stanza da letto. Vera era in mutande e reggiseno, ma tanta era l'euforia del momento che lui attaccò a parlarle con aria trionfale senza nemmeno farci caso.

'Che fa? E' impazzito?'

'Ho scoperto dov'è il mio documento, lo so! Accidenti si vesta, dobbiamo andare!'

'Andare dove?'

'All'ospedale, è lì che hanno la mia carta d'identità. Non l'ho perduta, capisce?'

'A quest'ora? Le ha dato di volta il cervello?'

Vera si precipitò a chiudere la porta buttandosi addosso una maglietta, con lo stesso sguardo furioso con cui lo aveva aggredito quando aveva fatto cadere il quadro.

'Si rende conto? Cos'è questo, un delirio mistico? Veda di darsi una calmata, altrimenti la butto fuori di casa. E poi l'ospedale è chiuso a quest'ora, non crederà mica che al pronto soccorso le restituiscano il suo documento!'

Il ragioniere si accasciò sul letto. Aveva esagerato, come darle torto. Quella ragazzina in piedi di fronte a lui lo guardava dall'alto in basso con le mani poggiate su entrambi i fianchi, tale e quale sua madre quando da bambino ne combinava una delle sue. Lui era un impetuoso, lo era sempre stato. Se gli balzava un'idea in testa doveva subito metterla il pratica, senza contare fino a dieci.

Non riuscì a sostenere quello sguardo severo e mentre le chiedeva scusa si scoprì ad alzare gli occhi scorrendo sempre più su quelle due gambe perfette, dalle caviglie sottili che sostenevano i suoi piccoli piedi greci fino ad arrivare al bordo della maglietta. Sotto le mutandine di pizzo bianco s'intravedeva appena il rosso del pube, e lui non poté fare a meno di ripensare a quel balconcino che aveva visto qualche minuto prima. Nonostante il reggiseno, i suoi piccoli capezzoli duri sbucavano da sotto maglietta in un modo che non si poteva non aver voglia di stringerli tra i denti. Chi l'avrebbe mai detto cosa si celava sotto quella scorza da punkabbestia? Vera era leggiadra come un giunco, attraente e seminuda. E lui non vedeva una donna così da una vita.

'Si metta addosso qualcosa, accidenti!' le disse con rabbia.

Per tutta risposta Vera si ficcò nel sacco a pelo e chiamò il cane a sé.

'Spenga la luce, per favore. Ne parliamo domani con calma.'

Antonio si sdraiò sul letto ancora vestito e, cercando l'interruttore dell'abat jour, notò l'edizione inglese del suo amato libro "Il deserto dei tartari" appoggiata sul comodino. Ma non disse una parola in proposito.

Sospirò incrociando le braccia sul petto, sapendo che per tutta la notte non avrebbe chiuso occhio.

Vera era già nel mondo dei sogni e lui si mise a fissare il soffitto considerando che tutte le donne della sua vita se n'erano andate, tutte per un motivo o per l'altro lo avevano lasciato solo. Solo quella ragazzina lì, quella perfetta estranea, solo lei non lo aveva abbandonato nei momenti di difficoltà. Solo lei lo aveva realmente sostenuto, pur non approvando il suo modo di essere.

A dispetto del disordine della stanza, nell'aria aleggiava il profumo morbido del bucato appena fatto. Quell'odore gli fece pensare a sua madre. Quasi non si ricordava più il suo viso, ma grazie alla magia della memoria olfattiva in un attimo si ritrovò catapultato nel suo abbraccio, perfetto per un momento come quello in cui si sentiva smarrito. Così, stretto nel letto a una piazza e mezza di Vera e avvolto da quel profumo, Antonio Esposito si lasciò andare ai ricordi facendosi bastare quel poco che aveva.

L'aveva persa tanti anni prima, sua madre, e quella sì che era stata l'unica vera tragedia della sua vita, senza nemmeno la compagnia di un fratello con cui spartirsi il dolore. Persino la morte del Patriarca aveva avuto un impatto minore su di lui. Quello, invece, era stato un fulmine a ciel sereno che lo aveva stroncato nel fior fiore della giovinezza, scuotendo le sue fragili radici e levandogli la terra da sotto i piedi. Quando la morte ti viene così vicina ti trasforma, come se insieme alla persona amata si portasse via anche qualcosa di te. Così Antonio per tutta la vita si era sentito come se gli mancasse un pezzo, come se gli avessero amputato una gamba, e non era più riuscito a camminare perfettamente dritto sulla sua strada. Da quel triste giorno di lutto non si era più sentito al riparo dai colpi della vita come lo era prima perché, al contrario di quanto si sarebbe potuto credere, quella perdita così dolorosa lo aveva reso meno forte. Tanto che da allora aveva sempre convissuto con la paura di perdere tutto ciò che aveva.

Per questo motivo aveva deciso di ignorare l'esistenza di sua figlia in tutti quei dieci anni, piuttosto che sopportare il fatto che se ne fosse andata; e per lo stesso motivo aveva rimpiazzato sua moglie con la Cera di Cupra sul comodino. E la cosa peggiore di tutte era che, oltre a quest'atteggiamento da struzzo, la morte di sua madre gli aveva regalato anche una tristezza di sottofondo che non era mai riuscito a scrollarsi di dosso, una disillusione nei confronti della vita che non gli aveva mai permesso di credere fino in fondo che valesse la pena fare qualcosa di più di se stesso.

Si girò su un fianco cercando di scacciare i pensieri amari che gli erano piombati addosso. Vera respirava pesantemente, il respiro profondo del sonno, e quella bestiaccia le faceva da controcanto con un grugnito asfittico e regolare, quasi un rantolo. Il botolo era proprio un relitto, considerò sprezzante.

Era tanto tempo che non condivideva la stanza da letto con qualcuno, e avere una presenza accanto nel buio della notte lo metteva molto a disagio. Margaret era talmente silenziosa e immobile quando dormiva che, se non fosse stato per l'odore della crema da notte, nemmeno si sarebbe accorto della sua presenza. Ecco perché lo stratagemma della Cera di Cupra aveva funzionato a meraviglia negli ultimi dieci anni. Quella ragazzina lì e il suo maledetto cane, invece, quelle sì che erano due presenze vive e ingombranti.

Antonio non riusciva a fare a meno di accumulare pensieri su pensieri, tra i quali si affacciò anche ciò che gli aveva detto Vera mentre gli parlava di suo padre.

'Lui è felice se io sono felice, non mi ha certo imposto la sua vita.'

Era a quel punto che era strisciato in bagno, per poi dimenticare tutto di nuovo con la storia del documento e dell'ospedale. Ma ora, nel silenzio, quella risposta gli rimbombò in testa come un urlo. Così si alzò dal letto e uscì dalla stanza, chiudendo piano la porta per non svegliarla. S'infilò le scarpe e uscì fuori in giardino.

Trenta

In un angolo del cielo s'intuiva uno spicchio di Luna, nascosto dietro uno sparuto manipolo di nuvole sfilacciate. Il manto nero della notte era terso e Antonio, puntando in alto, scovò persino un paio stelle. Non pensava che a Londra si potessero vedere, invece sopra di lui c'erano quei due puntini luminosi anche se appena percettibili.

Scrollò le spalle e tirò su il collo del maglione per proteggersi meglio dal freddo, quindi spostò lo sguardo lungo tutto il giardino. C'era un bel po' di lavoro da fare, ma il suo occhio esperto capì subito che la situazione era meno disperata di quanto potesse sembrare. Tirò un lungo sospiro, giusto il tempo che ci mise il vento per spazzare via le nuvole e liberare la Luna. Quindi si rimboccò le maniche e si avvicinò alla vecchia cassetta degli attrezzi buttata accanto alla porta.

Erano più che altro utensili da idraulica, ma in mezzo ci trovò un paio di tronchesi che potevano fare al caso suo. Raccattò anche uno straccio non troppo sporco, ottimo per ripararsi le mani; e considerò che, a quel punto, non gli mancava proprio nulla per iniziare. In un paio d'ore avrebbe sicuramente finito, e la luce della Luna era in suo favore.

Si avvicinò all'arbusto nell'angolo, e dando le prime sforbiciate vigorose sui polloni si sentì cata-

pultato indietro di quarant'anni. Quindi attaccò i rami principali e accanto a lui c'era il Gianni, che con la sua voce calda e paziente gli spiegava come fare una buona spuntatura per dare alla pianta la forma idonea all'utilizzazione ottimale della luce. Si dedicò con amore all'intaccatura di un paio di gemme e quando era pronto per l'arbusto successivo il suo maestro gli fece chiudere gli occhi e accarezzare le foglie, come faceva sempre ogni volta che alla serra arrivava una nuova specie.
Antonio la riconobbe subito al tocco: si trattava un'abelia grandiflora, un ibrido originario della Cina. Tipicamente avrebbe fiorito a giugno, ma con quel clima lì chi poteva dirlo quando sarebbero spuntati fuori i suoi simpatici fiori bianchi a trombetta. Era alta quasi un metro, un esemplare probabilmente vecchio di qualche anno che se la passava bene in quel giardino, nonostante per sua natura prediligesse climi più temperati. Raccolse un po' di foglie secche tutto intorno e gli fece una pacciamatura di fortuna, sperando che non si fosse beccata già una gelata nei mesi precedenti. Ma le radici sembravano buone, solide. E lei spavalda abbastanza da non avere nulla da temere.
Quella grandiflora tenace gli ricordò sua figlia. Lui avrebbe voluto chiamarla Margherita, come il fiore bianco e delicato che aveva sempre prediletto. Ma con quel nome c'era già sua moglie, e comunque negli anni Viola si era piuttosto avvicinata alle sembianze di un fico d'india, spinosa fuori anche se tenera dentro.
Antonio sorrise amaro e passò oltre, concentrandosi sul gruppo di veroniche accanto al vialetto

d'ingresso. Nelle intenzioni originarie avrebbero dovuto colorare la strada verso la porta d'ingresso con le loro pannocchie festanti, ne era certo. Ma sparpagliate così e senza fioritura avevano quasi l'aspetto di un campo di cicorie. Si chinò a dissotterrarle una per una a mani nude, e con una pazienza infinita le dispose ordinatamente in fila indiana come dovevano essere.

Più andava avanti a sistemare quel giardino e più si alleggeriva dei suoi pensieri. Guardò le unghie nere come un tempo, e si sentì catapultato in un mondo parallelo in cui la sua amata botanica non lo aveva mai abbandonato. Lo Studio Commercialista Esposito era lontano anni luce, come quelle stelle che non si vedevano più ora che la Luna si era fatta spazio tra le nuvole e illuminava a giorno il suo lavoro. Scoprì in un angolo un'azalea mezza sepolta da un mucchio di ciarpame e quasi si commosse. Come aveva fatto a resistere in quelle condizioni non lo sapeva, ma era sicuro che meritasse di meglio. Prese un vaso di coccio ancora intero buttato impietosamente tra una bicicletta e l'altra e ce la travasò dentro, mettendola vicino alla porta d'ingresso in modo che fosse al riparo dal freddo.

Si asciugò la fronte e s'appoggiò al muretto a prendere un po' di respiro. Gli dispiaceva di non avere più il vigore dei vent'anni, all'epoca una roba del genere l'avrebbe fatta nella metà del tempo. Adesso, invece, il sudore gelato lungo la schiena gli ricordava le fitte dell'artrosi costringendolo a fermarsi. Fece il punto della situazione e considerò che gli mancava solo la sfogliatura della siepe e una sistemata a quell'ultima arbustacea, la più grande.

Finalmente poteva sfogare la sua passione senza dover approfittare dei ritagli di tempo, così si riempì i polmoni dell'aria tersa della notte e si gustò il piacere di quella pausa. Era un dolce sapore che aveva dimenticato, rimpiazzato negli anni da quello amaro dei sabati e delle domeniche passati sulle scartoffie. Aveva messo da parte un bel po' di soldi è vero, anche più di quanto fosse riuscito a fare il Patriarca, ma in quel momento realizzò ciò che di contro aveva perso. La cosa più preziosa che avesse mai posseduto, l'unica sua vera ricchezza: il tempo. Un bene dal valore inestimabile, che neanche con tutto l'oro del mondo avrebbe potuto ricomprare.

Aveva dovuto smarrirsi nel buio di quella notte per potersi ritrovare. Così si ripromise di dare una bella rinfrescata anche al suo giardino quando sarebbe tornato a casa. Erano secoli che non lo faceva, che si limitava solo a una passata di tagliaerba e una sistemata veloce quando c'era un ramo fuori posto. Invece, ora avrebbe cambiato disposizione a tutte le piante. E fatto spazio all'acanto, che non aveva mai preso in considerazione e che lì a Londra invece aveva notato in accostamenti felici e inaspettati con quei suoi fiori azzurri svettanti.

Riprese in mano i suoi attrezzi di fortuna e attaccò di gran carriera quell'ultima arbustacea. Dopo aver eliminato i rami più grandi alla base gli avrebbe fatto una bella curvatura provando a dargli una forma un po' più gradevole. Barba e capelli, come dal barbiere. Da un angolo della memoria il Gianni gli fece tornare in mente certi trucchetti astuti che gli aveva tramandato ai tempi della serra, e in men che non si dica era tutto fatto: ora bastava solo accorciare un po' la cima.

Antonio si fasciò bene le mani con lo straccio per non rischiare di ferirsi e brandì quel tronchese da idraulica, pronto all'atto finale. E mentre recideva quel ramo maledettamente duro, digrignò i denti e nello sforzo decisivo mandò a quel paese il Patriarca. Come non aveva mai osato fare prima.

Il suo vaffanculo a pieni polmoni riecheggiò forte e chiaro per le strade di Londra così che il vecchio potesse sentirlo bene, ovunque si trovasse. E quando il ramo cadde e l'eco svanì nell'aria, lui non si sentì nemmeno in colpa. Anzi, era leggero come non lo era stato mai da quarant'anni a quella parte.

Posò gli attrezzi e cacciò fuori un bel respiro di sollievo. Aveva finito il lavoro, in quel giardino non c'era più nulla da fare. Lo guardò alla luce della Luna mentre si asciugava la fronte e gli parve irriconoscibile. Ne era ammirato: nemmeno con le sue piante aveva mai fatto un capolavoro simile, meno che mai per la vecchia Proietti.

Sentì la porta d'ingresso che si apriva alle sue spalle, si voltò e vide Vera contemplare a bocca aperta lo spettacolo, immobile sulla soglia di casa. Se i suoi occhi avessero potuto parlare avrebbero raccontato di un piccolo miracolo, la sublimazione dell'arte del giardinaggio. Solo Edward Mani di Forbice avrebbe potuto fare altrettanto, questo avrebbero detto. Invece lei rimase zitta, ad osservare. Poi gli venne vicino, gli prese la mano e la tenne stretta qualche minuto.

Prima di alzarsi sulle punte dei piedi per sfiorargli la guancia, con un bacio.

Trentuno

Il Tamigi era un elegante drappo di velluto nero che ondeggiava placido in mezzo ai suoi argini scintillanti. Sulla terrazza del Southbank Centre il vento freddo gli sferzava la faccia, ma il ragioniere non se ne curava più di tanto. Dritto come un fuso, osservava il riflesso delle luci sull'acqua respirando a pieni polmoni, aggrappato alla ringhiera come un lupo di mare al timone della sua nave. Sarebbe potuto sembrare Santiago nelle pagine di Hemingway, un vecchio che incedeva coraggioso e risoluto sulle onde del proprio destino. In realtà, di temerario nella sua mente non c'era proprio nulla. Dentro di lui si agitava la tempesta, perché per la prima volta del suo futuro Antonio Esposito non sapeva più che farci. Dopo la notte in quel giardino si sentiva una persona diversa, e questo cambiamento gli era quasi insopportabile. Sarebbe voluto tornare come per magia il ragioniere incarognito che aveva messo piede in quella città, fare come aveva fatto trent'anni prima nella notte della Cinquecento e soffocare il guizzo di ribellione scivolando di nuovo nei panni che il Patriarca aveva cucito per lui. Ma anche se si sforzava di scacciare indietro sua moglie, sua figlia e il *Mace*, l'immagine del vecchio non aveva più la stessa forza evocativa di un tempo. E lui non riusciva ad ignorare ciò che gli si era spezzato dentro insieme alla cima di quell'arbusto. Era davvero il ragioniere che doveva lottare per tenere vivo il feudo di famiglia, l'unico e fedele erede del Patriarca? Oppure un brillante botanico mancato, un bravo giardiniere che purtroppo aveva gettato una carriera alle ortiche ancora prima di provarci sul serio?

Da quando aveva mandato a quel paese il Patriarca si sentiva finalmente libero, è vero, ma come un condannato che ha passato la maggior parte della sua vita in castigo, una volta aperta la gabbia non sapeva proprio dove andare. E più che sulla soglia della Fortezza, pronto a riprendere baldanzoso il cammino, si sentiva sull'orlo del precipizio con le gambe dure che non si decidevano a fare un passo.

Erano soli, lui e la ragazzina, e l'immancabile botolo correva su e giù come un esagitato. Cosa gli dava da mangiare a quel dannato cane, possibile che non esaurisse mai le batterie? Con quel poco pelo che gli rimaneva avrebbe dovuto morire congelato, e invece sembrava sprizzare energia da tutti i pori. Vera se ne stava poco discosta, appoggiata con i gomiti al parapetto. Avevano camminato per una mezz'ora buona, e non si erano detti una sola parola. Doveva essere stato un record per lei. Lui, invece, non aveva fatto il minimo sforzo. Aveva bisogno di silenzio e di solitudine, tanto per cambiare.

'Indietro non si torna. Neanche per prendere la rincorsa.'

'Come, prego?'

'E' una frase di Andrea Pazienza, il fumettista.'

Antonio non rispose, ma quella ragazzina per una volta aveva detto la cosa giusta. Nella sua vita era tornato indietro solo una volta, la famosa sera della Cinquecento. Anche se, a essere sincero con se stesso, quella lì non era stata altro che una falsa partenza. Sì, aveva maledettamente ragione lei: non doveva tornare indietro, né adesso né mai. Aveva sbagliato a cedere alla tentazione di ripensare la sua vita mentre sistemava quel giardino. Quel fine-settimana doveva essere un monito del Patriarca, l'estrema prova della sua fedeltà alla causa dello Studio Commercialista Esposito.

'Che facciamo, andiamo?'

'E dove?' le rispose brusco.

'Non lo so, ma muoviamoci. Qui fa un freddo boia!'

Fosse stato per lui sarebbe potuto rimanere su quella terrazza fino alla mattina dopo, tanto non gli rimaneva altro da fare se non aspettare l'arrivo della sua valigia. Una volta recuperato il documento sarebbe saltato sul primo aereo nel tentativo disperato di salvare il salvabile, e a casa sarebbe stato più tranquillo. Avrebbe ripreso la sua routine e tutto sarebbe tornato lentamente come prima, sempre che non fosse successo il patatrac con i conti della Canova. A quel pensiero gli venne un capogiro, e fu costretto ad appoggiarsi al parapetto per non cascare a terra come una pera bacata. Se solo quella larva umana di Lotito avesse potuto sostenerlo in un frangente del genere, invece quel pappa molle non era capace di fare un passo senza di lui.

'Cos'ha, si sente male?'

'No no, nulla. Andiamo.'

Neanche il tono della sua voce riconosceva più. Dov'era finito il mordente da condottiero con cui aveva tenuto saldo lo scettro dell'impero contabile cedutogli dal vecchio? Cacciò le mani in tasca e scese le scale sbuffando.

Aveva fatto giusto qualche passo sul marciapiede sotto la terrazza e si era voltato ad aspettarla scendere, che quella ragazzina lì si era già persa per strada. Lasciò passare invano un paio di minuti battendo il piede per terra, ma Vera non si decideva a sbucare fuori.
Si starà gingillando con quel botolo rognoso, pensò seccato. In compenso tirava di nuovo quel vento gelido di prima, ancora più prepotente. E, come a Trafalgar Square, una foglia umidiccia gli mulinò attorno e si piantò dispettosa a tradimento sulla sua nuca. Innervosito, la chiamò a voce alta senza ottenere risposta. Urlò il suo nome una seconda volta e poi una terza, più forte. Silenzio.
Così si decise a salire le scale, prima pestando pesantemente i piedi come un bambino indispettito; poi, colto da un brutto presentimento, scalando a due a due i gradini della seconda rampa.
La terrazza era deserta, di una desolazione tremenda. Nemmeno il botolo si vedeva più. Dove erano finiti? La chiamò di nuovo a squarciagola e gli venne fuori quasi un grido disperato. Si mise a camminare a casaccio, vagando ansiosamente a destra e a sinistra come se avesse potuto scovarla in qualche angolo di quell'immenso spazio aperto e vuoto. Tanta era la tensione che gli si stava accumulando addosso, che un velo acquoso gli inumidì lo sguardo mentre attraversava correndo la terrazza senza neanche vedere bene dove andava. Si precipitò a controllare in fondo alle scale

opposte a quelle da cui era salito, ma di lei non c'era traccia. Vera sembrava sparita nel nulla.

Davvero lo aveva lasciato solo? Non era possibile che si fosse sbarazzata di lui. Non così, senza nemmeno salutare!

Si appoggiò al parapetto con gli occhi lucidi e il cuore in gola, e a quella presa di coscienza un nodo ingombrante gli avviluppò la laringe tagliandogli il respiro a metà. In quel momento non pensò né alla valigia né alla carta d'identità, non era per quello che si sentiva mancare la terra sotto i piedi. Quella sensazione di abbandono che era riuscito a scacciare via a forza di negazionismo storico e vasetti di Cera di Cupra gli si stava ripresentando dritta in faccia, come se tutte le altre volte in cui lo avevano abbandonato fossero successe solo ieri. Su quella terrazza lì gli sembrò che insieme a Vera anche sua madre, sua figlia e sua moglie se ne fossero appena andate, e si sentì improvvisamente inviso da tutti, in patria e in terra straniera. Non è vero che il tempo cancella il dolore, anzi lo aumenta. E ora che guardava in faccia la sua solitudine per quella che era, si rese finalmente conto di quanto gli facesse male.

Se ne stava ancora impalato a fissare il vuoto con gli occhi sbarrati, quando una voce concitata lo raggiunse alle spalle.

'Signor Antonio, signor Antonio!'

Si girò di scatto e vide Vera che correva verso di lui.

Si staccò furioso dalla ringhiera e le scagliò contro uno dei suoi sguardi peggiori. Anche se gli pareva di essere stato finalmente tirato fuori da un incubo, era pronto torcerle il collo a mani nude per quello scherzo da quattro soldi. Ma quando la ragazzina gli si parò di fronte, s'accorse immediatamente che c'era qualcosa che non andava. Aveva il viso contorto in una maschera di disperazione, e così lui lasciò andare gli istinti omicidi e cercò alla meno peggio di mettere da parte l'incazzatura.

'Insomma, che succede? Si calmi, che diamine!'

'Argo, il mio cane. Dio mio, aiuto! Si è perso, dobbiamo trovarlo!'

Vera si muoveva a scatti, andando avanti e indietro con lo stesso ritmo delle sue frasi sconnesse. Gli afferrò le braccia scuotendogliele con forza.

'Non si è mai allontanato da me di un passo in dodici anni, capisce? Deve essergli successo qualcosa di grave!'

Il ragioniere inarcò un sopracciglio, senza proferire parola. Tutte quelle scene per un botolo malandato proprio non le capiva, e quella pazza lì gli faceva quasi paura. Se i suoi calcoli non erano errati, considerata la vita media canina quel relitto a quattro zampe si trovava a un passo dalla fine. Con l'aggravante della condizione precaria in cui era ridotta la sua pelliccia, se di tale si poteva parlare, per non dire dei problemi d'incontinenza che gli avevano allagato le scarpe. Fosse stato per lui lo avrebbe già fatto sopprimere da un pezzo. Quindi, dal suo punto di vista era sempre meglio la mano pietosa del destino piuttosto che un'esecuzione capitale. Un ragionamento che non faceva una grinza, e che magari avrebbe potuto anche essere di conforto a quella ragazzina sconvolta.

Non aveva neanche fatto in tempo ad aprire bocca che Vera s'accasciò improvvisamente a terra, costringendolo a tirarla su di peso. E mentre la sollevava incontrò nei suoi occhi una pena infinita, che non riuscì a lasciarlo indifferente.

'Lo ritroveremo stia tranquilla.' le disse con fare sicuro mettendo per una volta da parte il suo proverbiale cinismo. E Vera gli sorrise, in un modo che avrebbe aperto a chiunque il cuore come una scatoletta di tonno.

Antonio si mise immediatamente a capo della spedizione, distribuendo i compiti di entrambi. Il **piano di ricerche** era lineare ed efficace: lei avrebbe setacciato la zona a sinistra e lui a destra. E dopo si sarebbero incontrati di nuovo, per fare il punto.

'Non saranno troppo pochi solo cinque minuti?'

'Non si preoccupi, so quello che faccio. Bastano e avanzano. E va bene. Allora facciamo dieci. Ma andiamo, ora.'

Trentadue

Quella poverina era talmente disperata che s'incamminò immediatamente chiamando il suo botolo a squarciagola, mentre lui la guardava andare via e non si decideva a fare la sua parte.

Mai in vita sua aveva desiderato un cane al suo fianco, e quelle bestie lo avevano ricambiato con la stessa moneta, non perdendo occasione per dimostrargli la loro antipatia. Adesso gli toccava persino andarne a cercare uno!

Fosse stato almeno di razza, quel botolo avrebbe avuto un qualche valore estrinseco. Invece non era altro che un orribile meticcio con un piede nella fossa, incontinente e afflitto da una disgustosa alopecia. Scrollò le spalle e si sistemò il collo del maglione, e prima che passassero i famosi dieci minuti si decise finalmente a scendere le scale per avventurarsi alla ricerca. Sentiva Vera chiamare 'Argo' a gran voce, ma lui confidava di trovarselo tra i piedi senza essere costretto a fare altrettanto. Gli aveva pure appioppato il nome di un cane cieco e malandato, come avrebbe potuto pensare che non ne sarebbe uscito fuori il relitto qual era?

Fece quattro passi aguzzando svogliatamente la vista, sapendo benissimo che così non avrebbe cavato un ragno dal buco. In fin dei conti glielo doveva, a quella ragazzina. Anche se lo aveva cacciato in un guaio enorme con la storia della valigia, lo aveva comunque altrettanto enormemente aiutato offrendogli persino il suo letto. Se metteva le cose sul piatto della bilancia, lo sforzo di chiamare un cane per nome per una volta in vita sua avrebbe potuto anche farlo.

'Al diavolo' disse levandosi di dosso a forza tutte le inibizioni, e si decise finalmente a urlare quel nome forte e chiaro.

Sperava che il dannato botolo sbucasse fuori prima delle sette del mattino, sempre che non lo avessero ritrovato stecchito in un qualche angolo. Toussenel aveva ragione solo in parte. Secondo Antonio Esposito la dipendenza psicologica alla radice del rapporto tra il cane e il padrone era reciproca, un'equilibrata dose d'imbecillità e debolezza ben distribuite da entrambe le parti. Cacciò le mani in tasca e si avventurò a per-lustrare gli anfratti oscuri ai piedi delle scale. I dieci minuti erano quasi passati, inutilmente. Sbuffò tirando un calcio a una lattina vuota che gli era capitata tra i piedi, e la fece volare spedita a piantarsi in un anfratto ai piedi delle scale. Di rimando, gli arrivò un flebile latrato.

Possibile che il botolo fosse così cretino da essersi rintanato là sotto? Si avvicinò con cautela e riconobbe nel buio la chiazza rosa della sua cotenna nuda, quindi vide i due occhi lucidi e neri che lo osservavano pietosi e spaventati. Quello sguardo da vittima aveva un qualcosa di umano, che gli ricordava quello di un bambino terrorizzato.

'Poveraccio' disse, dimenticandosi persino per un momento che si trattava di un cane. Si accucciò a guardarlo meglio e con cautela avvicinò la mano tremante al muso, ma quello se ne stava nell'angolo a fissarlo senza muovere un muscolo.

'Sono io, stupido. Non avere paura.' gli mormorò, e avvicinandosi ancora vide che la sua disgustosa cotenna rosa era striata da righe rosse di sangue.

'Ma che diavolo..? Accidenti!'

Ci pensò un po' su e poi cavò il fazzoletto di cotone dalla tasca. Lo sacrificava malvolentieri, ma se non lo avesse fatto sarebbero rimasti lì tutta la notte. Si avvolse le mani meglio che poteva e cercò di acchiappare la bestia dalle zampe di dietro, per farla scivolare fuori dall'angolo senza rimetterci un morso. L'animale era stranamente docile, e lui ne approfittò per afferrarlo dal garrese con una mossa decisa e sollevarlo penzoloni di fronte a sé, portandolo a testa in giù come un tacchino. L'umidiccio che sentiva di là dal fazzoletto non lasciava molto spazio all'immaginazione, così cercò di tenerlo il più lontano possibile mentre camminava a passo svelto verso il punto ritrovo concordato.

'L'ho trovato! Ehi, l'ho trovato!'

Di Vera, ovviamente, non c'era traccia. Buttò in un angolo quel fazzoletto fradicio e si decise a malincuore ad afferrare il collare a mani nude in modo che quello lì non scappasse di nuovo. Ma il botolo guizzò all'istante, cercando di ruotare la testa verso il suo braccio.

'Ehi, che fai? Stai fermo, sai? Aiuto!'

Stava già per sferrargli una pedata, quando con sua sorpresa sentì quella lingua rasposa e calda strisciare sul dorso della sua mano.

Mai un animale lo aveva leccato, era la prima volta che gli succedeva una cosa del genere.

D'istinto mollò la presa, ma il botolo non si mosse. Rimase lì seduto a guardarlo, con quei suoi occhi grandi, calmi e trasparenti quasi da potergli leggere nel pensiero manco fossero un libro aperto. Antonio osservò il suo fianco e constatò come quei graffi fossero solo superficiali: probabilmente era così cretino d'aver avuto la peggio con un gatto randagio. E Argo alzò una zampa, tentando di appoggiargliela sulla gamba. Continuava a fissarlo con devozione, come nessuno mai aveva fatto prima d'ora, nemmeno Lotito quando gli spiegava per l'ennesima volta i misteri della partita doppia.

Così si convinse finalmente a dargli un buffetto affettuoso in punta di dita su quella testa dritta, visto che per strada non c'era anima viva che potesse vederlo.

'E va bene, va bene.' mormorò.

Trentatré

Il ragioniere avrebbe preferito soprassedere piuttosto che passare alla storia come il salvatore di un cane ma non c'era verso, Vera non smetteva di ringraziarlo con lo stesso sguardo adorante del suo botolo.

'Senta lasciamo stare, va bene? Non ho fatto proprio niente di speciale.'

'La vuole una birra? Per festeggiare il ritrovamento di Argo.'

'A digiuno? E' matta?'

'Guardi che una birra non ha mai ammazzato nessuno. Mi ha preso per un'alcolizzata?'

Si erano fermati di fronte all'ingresso di un off-licence[1]. Antonio inarcò il sopracciglio e mise a posto una pera che era finita nello scomparto delle mele.

'E la smetta con questa mania!'

'E va bene, va bene! Insomma, vada a prendere le birre. La aspetto qui.'

'Mi tiene Argo?'

'Non se ne parla nemmeno.'

'E allora vada lei a prenderle, le birre! Senza offesa, signor Antonio, ma lei anche da giovane era un monumento alla pallosità?'

Il ragioniere cacciò con rabbia i pugni in tasca, e

---

[1] Termine usato in UK per indicare i minimarket provvisti di licenza per la vendita di alcolici - alcuni di questi negozi rimangono aperti 24 ore su 24.

dopo un paio di minuti uscì dal negozio con due Peroni in mano. Fecero due passi e si fermarono sulle rive del Tamigi, il punto di Londra che prediligeva. Alle sue spalle, Vera era seduta sulla panchina che sorseggiava la sua birra. Lui se ne stava con le braccia appoggiate sulla ringhiera e guardava scorrere il fiume, in silenzio.

Conservava prezioso quel momento tutto per sé, in cui non poteva fare a meno di pensare a come ormai le cose fossero irrimediabilmente cambiate dopo la storia del cane, oltre che a quella del giardino. Se poco prima sulla terrazza aveva pensato che non sarebbe tornato indietro, adesso gli veniva quasi da credere che non ci avesse capito un fico secco della frase del fumettista. In fondo al cuore ne era quasi contento, ma allo stesso tempo non riusciva a non sentire un po' di nostalgia per quel suo vecchio se stesso. I cambiamenti gli avevano sempre fatto paura. Sapeva che una volta tornato a casa si sarebbe sentito a disagio nei suoi nuovi panni, ma era lo stesso che se avesse scelto di indossare quelli vecchi. Considerò amaro che è più facile cambiare dove nessuno ti conosce, visto che purtroppo in tutta la sua vita nessuno aveva mai creduto che potesse essere diverso dall'Antonio Esposito che era sempre stato. Tutte le sue più intime convin-zioni si erano sfilacciate e si sentiva vuoto, terribil-mente vuoto. Lo Studio Commercialista Esposito aveva perso la centralità che aveva sempre avuto nella sua vita, ma se non credeva più nemmeno nella conservazione del feudo del Patriarca cui aveva immolato tutti gli anni passati, cos'altro gli rimaneva allora?

Ormai era troppo tardi per riprendere in mano i

sogni che aveva coltivato nella serra del Gianni, e anche il *Mace* lo avrebbe sicuramente ritrovato morto stecchito al suo ritorno.

In tutti questi ragionamenti, in tutti questi dubbi esistenziali lui non ci si era fermato mai nemmeno un minuto, neanche quando aveva "parcheggiato" la Cinquecento sul pino marittimo della Pontina. Ora, invece, non riusciva a trovare il bandolo della matassa. Se il vecchio avesse visto le sue scarpe in quel momento, avrebbe capito subito chi aveva di fronte: Antonio Esposito era un anziano ragioniere, nient'altro che quello. Non c'era molta filosofia da fare, ormai il suo tempo lo aveva perduto. Tutta colpa sua.

Guardò l'orologio che aveva al polso, era ancora fermo sulle dieci e mezzo. L'aveva sfilato di dosso a suo padre il giorno in cui lo avevano chiuso nella tomba. All'epoca pensava che avrebbe scandito il tempo della sua carriera contabile, ricordandogli ogni minuto quella promessa strappata sul letto di morte per non mancarla mai. Ma proprio in quel fine-settimana, neanche a farlo apposta, quell'orologio si era fermato. Gli dava fastidio al polso, gli dava fastidio come non mai. Così, senza nemmeno guardarlo un'ultima volta gli fece fare un bel tuffo acrobatico nel Tamigi.

'Che cosa fa?'

Antonio si girò verso la ragazzina che lo guardava attonita.

'Tanto non funzionava più.' le rispose con voluta noncuranza. 'E poi il vecchio è morto e sepolto.'

Quindi si sedette accanto a lei.

'Era di mio padre quell'orologio, sa?'

'Eppure, lei non sembrerebbe.. *così.*'

'Così come?'

'Così... cinico. Disilluso, direi. Ecco, forse questo le si adatta di più.'

'E cosa glielo fa pensare? Ha ragione lei, comunque. Com'è che ha detto prima? *Indietro non si torna per la rincorsa*, vero? Beh, insomma, quella roba lì. Adesso l'ho capito, sa?'

Vera annuì, e poi rimasero di nuovo in silenzio a guardare le luci della città sull'altra riva del fiume.

'Non mi ha detto ancora nulla di lei.'

'Preferisco non parlare di me. In ogni modo va bene, tanto ormai. Che cosa vuole sapere?'

'Che lavoro fa? Intendo, è pensionato o cosa?'

'Sarei pensionato, ma ho uno studio contabile. Era di mio padre anche quello.'

'Capisco. E figli, ne ha?'

Antonio sorrise amaro, e le rispose con un silenzio.

'Non le va di parlarne, vero?'

'Non le si può nascondere nulla.'

'La sua ironia ha qualcosa d'inquietante.'

'Anche lei ha qualcosa d'inquietante, ma preferisco non dirle cos'è. Ad ogni modo, sì, ne ho una. Ho una figlia.'

'Ah. E vive in Italia con lei?'

'No. Vive qui, a Londra.'

'Allora è sua figlia che è venuta a trovare? Non mi dica! E che cosa fa, qui a Londra? Perché non è con lei adesso? Lavora di notte?'

'Non lo so che accidenti fa Viola a Londra. Non ne ho idea e non lo voglio nemmeno sapere!'

'Sua figlia si chiama Viola? Che bel nome.'

'Senta, le ho detto che preferisco non parlarne, va bene?'

'Va bene, mi scusi. Non c'è bisogno di alzare la voce, basta dirlo.'

'Appunto.'

Antonio mise le braccia conserte. La notte era passata in un lampo, e ormai non aveva più neanche sonno. Il botolo se ne stava acciambellato dalla sua parte, perdutamente innamorato del suo salvatore.

'Non sente freddo, questo cane qui? Dico, col poco pelo che si ritrova addosso.'

Vera rise di gusto.

'Oh, no. C'è abituato. Poverino, sono anni che soffre di quest'alopecia nervosa. Si è temprato, ormai. E poi io detesto quelli che mettono il cappotto ai cani: sono pur sempre animali, no? Non sono mica cristiani.'

'Ecco, brava! La penso esattamente allo stesso modo. Lo sa chi era Toussenel?'

La ragazzina roteò gli occhi al cielo.

'Certo che lo so!'

Antonio inarcò il sopracciglio, quindi si sistemò il collo del maglione.

'Ma sì, ha ragione lei. Al diavolo anche Toussenel. Non c'è niente di male ad avere bisogno di un po' di compagnia.'

Sentiva nella tasca qualcosa che gli si era ficcato tra le costole, e così si ricordò dal suo libro. Lo tirò fuori e lo guardò divertito. Avrebbe buttato a bagno anche quello nel Tamigi, invece lo porse alla ragazzina.

'Guardi un po'! Ho perso tutto oggi e cosa mi è rimasto?'

'E' *Il deserto dei tartari.*'

'Il mio libro preferito. L'ho letto almeno otto volte.

E la vuole sapere una cosa? Io sono sempre stato come il tenente Drogo, solo ora che ho perso tutto me ne rendo conto. Tenga, glielo regalo. Ho visto che ha l'edizione inglese. Ma dico io, come si fa a leggere Dino Buzzati in inglese?'

Vera prese il libro tra le mani e accarezzò la copertina, pensierosa.

'Grazie. Sa che le dico? Io penso che non perdiamo davvero le cose ma solo quello che non va bene per noi, anche se pensavamo il contrario; ma è salutare. Come il giardiniere che sfoltisce la pianta per farla crescere più sana, ogni tanto le nostre vite vanno sfoltite dai rami secchi per crescere più rigogliose e ricche. Ecco.'

Il paragone col giardinaggio lo fece sorridere. Come faceva quella ragazzina lì ad azzeccarle tutte in quel modo senza sapere quasi nulla di lui? Guardò per un'ultima volta il fiume prima di alzarsi, e vide che il cielo si stava rischiarando. Anche lei guardava lo stesso punto, poi invece spostò gli occhi sul marciapiede.

'Lo vede quel rosa lì nella pozzanghera? Quello è il riflesso del sole che sorge. Amo quando accade questa cosa.'

'Non ho mai guardato il mondo così bene, lo sa?' le disse facendole per la prima volta un sorriso sincero.

Erano fermi di fronte a quella pozzanghera, e Antonio vide che nel riflesso c'entravano tutti e tre: lui, quella ragazzina bizzarra dai capelli rossi e il suo assurdo botolo spelacchiato. Erano almeno dieci anni che non si vedeva accanto a qualcun altro, e questa cosa lo pungolò con un inaspettato piacere.

Vera continuava a tenere il libro tra le mani come una reliquia e mentre lui si era già incamminato, lei era rimasta ferma a sfogliarne le pagine. Il ragioniere si voltò e la trovò che ridacchiava.

'Che c'è adesso? Che ha da ridere?'

'C'è scritto il suo nome. Si chiama Antonio Esposito lei, vero?'

'Sì, e allora? Se la fa tanto ridere me lo ridia indietro, che lo butto nel Tamigi! Io scrivo sempre il nome sulle mie cose, è una vecchia abitudine. Una sana abitudine, le dirò di più!'

'Oh ma non è per quello che rido. Ha appena detto che sua figlia si chiama Viola. E cosa ha detto che fa, qui a Londra?'

'Che accidenti c'entra questo adesso?'

'Mi dica, lo sa che ci fa sua figlia a Londra?'

'No che non lo so, e non m'interessa! Non la vedo da dieci anni, mia figlia!'

'Senta, non vorrei che fosse una coincidenza, ma lei ha lo stesso nome di una pasticceria molto famosa qui a Londra: la *Premiata Ditta Antonio Esposito*. E' a Carnaby Street, non è distante. Sono solo due passi. E lo sa chi l'ha fondata? Una ragazza italiana, Viola Esposito. Qui la chiamano *la regina dei cupcakes*.'

Trentaquattro

Vera se n'era andata via all'improvviso, così come all'improvviso gli era apparsa di fronte tante ore prima a Trafalgar Square. L'aveva portato fino lì e poi era sparita insieme al suo botolo senza neanche salutarlo, come se non fossero mai esistiti.

Ma di questo Antonio non sembrava curarsene, incapace com'era di staccare gli occhi dalla famosa pasticceria di Londra che portava il suo nome.

Un raggio di sole inaspettato centrò l'elegante vetrina della *Premiata Ditta Antonio Esposito* e quasi gli sembrò di sentire il profumo dei dolci appena sfornati, in quell'alba strana dove persino i colori erano più brillanti di come lui li aveva sempre percepiti. Se ne stava lì impalato in mezzo alla strada, ipnotizzato a scorrere con gli occhi ogni minimo dettaglio a una cauta distanza, come sempre si era tenuto lontano da sua figlia Viola in quei lunghissimi dieci anni.

Le vetrine erano contornate da una robusta cornice pino silvestre, quel tono di verde scuro che lui prediligeva. Era lucida, impeccabile, e sembrava finta anche lei come tutte le case colorate che incorniciavano Carnaby Street. La scritta *Premiata Ditta Antonio Esposito* troneggiava su entrambi i vetri con i suoi caratteri d'oro antico, un tocco di eleganza discreta che si associava perfettamente all'immagine di quella giovane donna del ristorante

Malafemmena. All'interno c'erano dei graziosi tavolini stile anni quaranta e un bel bancone di marmo. Tutto l'insieme era di una grazia commovente, esattamente come il lavoro da giardiniere in cui lui aveva finalmente riversato la sua sopita passione appena qualche ora prima.

Intuiva in ogni dettaglio una cura che trasudava amore per il mestiere, come una potatura fatta ad arte in cui non c'è un singolo ramo che non sia stato calibrato. All'epoca della serra del Gianni maneggiava i suoi arnesi da innesto come il bisturi di un demiurgo, ma era passato talmente tanto tempo da allora che quasi aveva dimenticato cos'è l'effetto della passione sulle cose, l'amore e la cura che rende ogni singola azione unica e irripetibile, diversa da quella fatta tanto per dovere. Il tocco del re Mida esiste davvero e non è nient'altro che questo, lui lo sapeva. E di fronte a quell'evidente manifestazione d'amore capì con rammarico perché il suo *Mace* non era ancora nato, e forse non lo sarebbe stato mai.

La vita non gli aveva sempre sorriso, né gli era andata contro. Piuttosto gli era scivolata accanto indifferente, senza che a lui importasse poi tanto. I suoi giorni erano corsi via verso un futuro già scritto, e l'unica opportunità che avrebbe avuto di rimboccarsi le maniche per guadagnarsi la *sua* felicità l'aveva deliberatamente messa da parte calandosi nei comodi panni del ragionier Antonio Esposito.

La mente ha un potere talmente grande che a volte è in grado di trasformare la realtà, dicono. E ci sono persone che per paura delle delusioni fanno direttamente finta che le cose non siano possibili.

Questa era stata la scorciatoia che aveva preso Antonio, interiorizzando i desideri del Patriarca per riuscire a camminare su una strada non sua. Ma durante tutta la giornata a Londra la realtà gli si era parata di fronte in un modo tale che lui non poteva più non guardarla per quello che era. Ora più che mai, davanti alla *Premiata Ditta Antonio Esposito* quel vecchio ragioniere si rendeva conto di ciò che era stata tutta la sua vita al confronto con quella che sua figlia aveva preteso per sé. Doveva aver avuto un coraggio enorme, quella ragazzina, per rivoltarglisi contro e costruire il suo dolce impero alla faccia del feudo di scartoffie del vecchio.

Una folata di vento gelido gli portò alle orecchie l'eco di quella telefonata, l'ultima in cui aveva sentito la voce di Viola. E ora che finalmente era onesto con se stesso, nelle parole di sua figlia riconobbe ciò che avrebbe voluto dire lui mentre si andava a piantare pieno di rabbia con la Cinquecento sul pino marittimo della Pontina.

Ma Viola non era come il ragionier Antonio Esposito. Sin dal primo istante in cui gli aveva voltato le spalle, lui era stato certo che non sarebbe mai tornata sui propri passi. Per questo ce l'aveva con lei, per il suo coraggio. Solo per questo l'aveva odiata tanto, anche se non era mai riuscito ad ammetterlo.

'*Tu per me sei morta, capito? Morta! Non voglio più sapere niente di te.*'

Questo le aveva detto quel lunedì pomeriggio, ed era come se la sua voce gli rimbombasse ancora nelle tempie con la stessa intensità di allora. Pensava di averlo ormai relegato in un angolo oscuro del suo passato, quel giorno di dieci anni fa.

Invece, lo vide riemergere vivido proprio in mezzo a Carnaby Street, di fronte alla *Premiata Ditta Antonio Esposito*. Si rivide al culmine dell'ostracismo nei confronti di sua figlia, che lo aveva portato a distruggere tutto ciò che era la sua vita. Ma questa volta era fermo, impalato a pugni serrati davanti a ciò che Viola aveva costruito. Incapace di non provare ammirazione per l'opera d'arte che sua figlia era stata capace di fare della propria vita. E tutto il suo orgoglio si sciolse in un pianto amaro agli angoli degli occhi, piano e in silenzio, senza che lui potesse farci niente. Fino a che quella vetrina verde pino silvestre con la sua scritta color dell'oro si confuse tra le lacrime in una macchia, e lui non la vide più.

Trentacinque

Come una furia distruttrice, così Margaret lo avrebbe visto se fosse rientrata appena qualche minuto prima. Invece l'aereo aveva ritardato, e trovare un taxi libero era stata un'impresa disperata in quel giorno di sciopero dei mezzi pubblici. Anche il cellulare si era scaricato, proprio nel bel mezzo della telefonata con sua figlia, lasciandola con il cuore pieno di preoccupazione.

E dire che si erano salutate sorridendo, a Victoria Station. In quell'ennesimo fine-settimana in cui era stata a trovarla a Londra, Viola aveva gli occhi scintillanti e una determinazione d'acciaio che non gli aveva mai visto prima. Sembrava fiera della sua decisione e del suo progetto di vita. E anche se, in generale, Margaret aveva sempre lasciato il compito educativo a suo marito, per una volta si era sentita in dovere di sostenerla. Senza contare che lei, fedele alle sue radici anglosassoni, aveva sempre adorato i cupcakes.

'Se questo è il tuo sogno, provaci. Fregatene di tutto e seguilo. Non voglio che un giorno tu debba svegliarti con una vita mediocre.' le aveva detto inaspettatamente.

Era Antonio che aveva sempre deciso per la loro figliola, imponendosi con quel suo modo di fare autoritario che, per quanto fosse la brutta copia di quello di suo padre, comunque non ammetteva obiezioni. Un po' perché lei non si era mai sentita portata a distribuire consigli, un po' perché per indole Margaret non era incline ad assumersi alcuna responsabilità. Ma quando aveva capito quali fossero i piani sovversivi di Viola ne era stata quasi contenta, pregustando lo smacco che finalmente sarebbe piovuto in faccia a quell'uomo che voleva sempre il mondo a modo suo. E di cui, anche se per indolenza non glielo aveva mai detto, francamente non ne poteva più.

Suo marito l'aveva incastrata una quarantina d'anni prima, quando nell'estate del settanta aveva avuto la geniale idea di farsi un viaggetto in Italia. E dire che la sua meta era Roma, ma quel che rimaneva della tanto rinomata *dolce vita* l'aveva subito stancata. Così aveva pensato di andarsi a rosolare sulle spiagge del litorale, piuttosto che soffrire il caldo torrido tra i monumenti della Capitale. E, senza nemmeno accorgersene, si era ritrovata catapultata dai panni di promettente studentessa di sociologia di Cambridge a quelli di casalinga di provincia dell'Agro Pontino.

La loro unione non era stata granché, nonostante il pepe che aveva aggiunto all'insaputa di Antonio per movimentare un po' il piattume della vita coniugale. Finché la sua bellezza nordica, la gioventù e le energie glielo avevano concesso Margaret si era data da fare per riprendere gli studi sociologici lasciati a metà con il matrimonio deviando con passione nell'antropologia pratica, col risultato che suo marito aveva più corna in testa di un cesto di lumache. Non c'era settore industriale che avesse tralasciato, a cominciare dal banale idraulico per finire, sprezzante del pericolo, con qualche più raffinato piccolo imprenditore nonché cliente dello Studio Commercialista Esposito. Tanto quel ragioniere era sempre stato così assorbito dalla sua missione nei confronti del feudo del Patriarca, che non si era mai avveduto delle allegre variazioni sul tema della moglie annoiata a morte; o forse, come al suo solito, aveva semplicemente fatto finta di non vedere.

Questi erano stati i primi vent'anni di matrimonio. In seguito Margaret aveva passato il resto dei giorni nella speranza di scovare quel guizzo di amor proprio che le serviva per fare le valigie e tornarsene dalle sue parti a passare una serena vecchiaia, lontano dalla noia dell'Agro Pontino. Anche per questo, quando Viola le aveva rivelato l'intenzione di rimanere a Londra e di aprire un negozio di cupcakes invece che abbrutirsi tra le quattro mura dello Studio Commercialista Esposito come aveva fatto suo padre, lei ne era stata entusiasta e l'aveva spalleggiata in pieno. E, probabilmente, l'unico consiglio che l'era uscito di bocca in trent'anni per sua figlia non era poi neanche così disinteressato, visto che quella sarebbe stata un'ottima scusa per fuggire più frequentemente da quell'orribile buco di provincia.

Aprì la porta di casa e fu accolta da un silenzio pesante. Da donna perspicace qual era, fiutò immediatamente che nell'aria c'era qualcosa che non andava. Posò la valigia e la prima cosa che notò fu la cornice di famiglia sul tavolino accanto al telefono: aveva il vetro rotto. Le bastò quell'indizio per indovinare ciò che aveva preceduto il suo arrivo, oltre al motivo della telefonata in lacrime di sua figlia.

Probabilmente Antonio aveva messo in dubbio i sogni di Viola, o forse li aveva addirittura fatti crollare con quel suo solito modo di fare dispotico. E quella cornice lì ne era la prova, anche se suo marito non era mai stato un violento. Il ragioniere era un burbero, tale e quale la brutta copia di suo padre defunto, ma a suo giudizio troppo pusillanime per far del male a una mosca. E questo lo affermava con cognizione di causa, giacché lei gli uomini li conosceva sin troppo bene.

Raccolse cautamente la fotografia e si diresse verso le scale in punta di piedi. Sembrava che non ci fosse nessuno in casa, invece quando arrivò di fronte alla camera di Viola intuì al suo interno una strana e silenziosa attività. Spalancò la porta e la prima cosa che vide fu un tappeto di cocci in tutta la stanza. E poi Antonio, seduto alla scrivania che sembrava un automa mentre armeggiava con la colla dandosi da fare per rimettere insieme i pezzi di ciò che aveva appena distrutto. Tutti gli oggetti personali di sua figlia, i suoi soprammobili e le sue cose più care facevano la fila per essere ricomposti sotto quelle mani tremanti di rabbia.

Margaret osservò quello spettacolo senza dire nulla, paralizzata sulla soglia della stanza. Conosceva bene il suo ragioniere, ma non avrebbe mai immaginato che sarebbe arrivato a tanto.

Antonio improvvisamente alzò la testa, e il suo viso era contratto in un'espressione che lei non gli aveva mai visto prima. Non l'aveva mai sfiorata con un dito, ma in quel momento, guardando i cocci della vita di sua figlia, lo pensò capace di fare qualsiasi cosa.

Era scattato in piedi, e la fronteggiava con i pugni

serrati lungo i fianchi. E, a discapito di quel-lo che pensava di lui, suo marito questa volta le fece davvero paura.

'Quando una cosa è rotta, è rotta. Anche se la incolli non è più la stessa. Potevi pensarci, prima di fare a pezzi la vita di tua figlia. E la mia.' sputò sarcastica, cercando di dominare l'emozione che le tremava in gola. E poi scappò di nuovo in strada con la valigia in mano, diretta verso Londra.

Senza alcuna esitazione.

Trentasei

Antonio si svegliò di soprassalto alla voce dell'altoparlante che annunciava un treno in partenza. Erano le sette meno venti a Victoria Station. Indossava il suo completo elegante anche se un po' sgualcito, seduto su una panchina in mezzo agli altri viaggiatori in attesa. Le sue scarpe erano lucide come sempre, e accanto a lui c'era il suo prezioso trolley nero. Aveva le guance rigate dalle lacrime e subito cavò il fazzoletto dalla tasca per cancellarle insieme al sudore che gli imperlava la fronte, cercando di darsi un contegno più dignitoso. Poi guardò l'orologio da polso e vide che mancavano ancora una ventina di minuti alla partenza del treno che lo avrebbe portato all'aeroporto.

Aveva la bocca impastata e il respiro corto, di chi viene bruscamente strappato dai sogni. E nei primi istanti tutta quella situazione gli sembrò normale, come se non ci fosse nulla di strano nel fatto di ritrovarsi seduto su quella panchina a Victoria Station. Ma appena prese un briciolo di coscienza in più si ricordò che nemmeno un minuto prima era a Carnaby Street, di fronte alla *Premiata Ditta Antonio Esposito*. Dopo una notte in cui aveva perduto tutti i suoi averi.

Trafelato si aggrappò al prezioso trolley e frugando nella tasca di fronte scovò i conti dell'Iva della Canova con l'immancabile chiazza giallastra sulla copertina. Tuffò la mano nella giacca e tirò fuori il portafogli e dentro, al solito scomparto, c'era la sua carta d'identità. Infine si scoprì la manica e guardò l'orologio del Patriarca, perfettamente funzionante come da quarant'anni a quella parte. Tutte le sue cose erano lì con lui, com'era sempre stato prima che mettesse piede a Trafalgar Square.

Possibile che tutto quello che era successo fosse solo un sogno? La ragazzina inquietante e quel suo botolo spelacchiato, la notte in giro per Londra e le disavventure che aveva portato con sé, ma soprattutto la *Premiata Ditta Antonio Esposito* erano solo un maledetto sogno?

Si guardò di nuovo intorno schiarendosi la gola e più si svegliava, più si convinceva che non c'era stato nulla di reale. La mente doveva avergli giocato un brutto tiro. La sua vita era esattamente quella di prima e lui sarebbe partito in tempo. Quel viaggio maledetto sarebbe finito così, senza ripercussioni di sorta sullo Studio Commercialista Esposito. Ma, per quanto assurdo possa sembrare, si sentiva quasi amareggiato. Cacciò la mano in tasca alla ricerca del suo libro, ma "Il Deserto dei tartari" non c'era. Aprì il prezioso trolley come una furia sperando di non trovarlo, e invece lo vide incastrato in mezzo a quel Tetris che era il suo bagaglio. Così, con sottile dispiacere si convinse del tutto che sì, non era stato altro che un maledetto sogno. Anche se non si ricordava il momento in cui era arrivato a Victoria Station, né tantomeno quando si era seduto su quella panchina e si era addormentato, l'evidenza dei fatti parlava chiaro: Vera non era mai arrivata a tormentare la sua esistenza e a sconvolgergliela a tal punto da non riconoscersi più. Tutto il resto non importava, non importava un fico secco.

Si girò a guardare le persone sedute attorno a lui, e sgranò gli occhi di soprassalto quando notò quella ragazzina impettita proprio alla sua destra. Aveva i capelli ordinati, era vestita come una persona decente e aveva lasciato a casa il suo maledetto botolo, ma non poteva essere che lei!

'Vera!' la chiamò, acchiappandola di slancio per un braccio.

La ragazzina lo guardò con orrore e scappò via stringendo la borsetta al petto. Si avvicinò a un agente di polizia, e subito dopo quell'omone si parò di fronte a lui con la mano sullo sfollagente.

'Tutto a posto, signore?'

L'energumeno in divisa lo squadrava dall'alto in basso, e il ragioniere non ebbe il coraggio di muovere un muscolo. Intimidito, gli rispose con un cenno della testa così che quello capì che le sue intenzioni erano pacifiche e lo lasciò finalmente andare. Afferrò il suo trolley e si allontanò da quella maledetta panchina con la coda tra le gambe. Com'era potuto mai venirgli in mente di rivolgersi in quel modo a quella ragazzina? Vera non era altro che un frutto della sua mente.

Scrollò le spalle per sistemarsi la giacca. Avrebbe fatto bene a prendersi un lungo riposo dopo quel fine-settimana. Avrebbe consegnato i maledetti conti alla Canova e sarebbe andata come sarebbe andata, pazienza. Il Patriarca lo avrebbe compreso per una volta, o altrimenti avrebbe perseguitato quel buono a nulla di Lotito. Erano trent'anni che serviva la sua causa, e ormai si sentiva troppo stanco per angustiarsi ancora. Avrebbe lasciato stare anche il *Mace*, che tanto nel frattempo doveva essere morto stecchito. La nullafacenza sarebbe stata la panacea di tutti i suoi mali. Alla faccia del vecchio, della botanica e dei sogni, almeno per un bel po' di tempo.

Si avvicinò a un chiosco e la barista si dimostrò stranamente gentile nei suoi confronti. Non gli pareva vero di essere trattato finalmente così bene, e a suo modo Antonio rese quella cordialità sorseggiando il cappuccino cremoso con avidità e complimentandosi con lei per la preparazione. E, prima di congedarsi, decise di togliersi un'ultima curiosità; giusto per levarsi il dente e fugare ogni dubbio, fino in fondo.

'Mi scusi signorina, posso farle una domanda?'

'Certo, mi dica.'

'Conosce per caso una pasticceria qui a Londra che si chiama *Premiata Ditta Antonio Esposito*?'

'No, mi dispiace.'

Ecco, lo sapeva. Non esisteva nulla di tutto ciò, e sua figlia non era altro che una diseredata della peggior specie. Il ramo secco dell'albero genealogico Esposito, che si trastullava in giro per Londra intenta in chissà quale disdicevole occupazione spalleggiata da quell'arpia di sua moglie Margaret.

Sistemò con soddisfazione un pacchetto di biscotti che era stato messo nello scomparto sbagliato, e fece per avviarsi verso i binari.

'Aspetti! Ha detto *Premiata Ditta Antonio Esposito*?'

Antonio si fermò di scatto, proprio mentre l'altoparlante annunciava il suo treno.

'Sì, quella.'

'Certo, che sciocca! Ma è famosissima! I migliori

cupcakes di Londra.'

'Sta scherzando?'

'Assolutamente, io non scherzo mai su queste cose! E' un posto fantastico. Anzi, le dirò di più, è un'istituzione. L'ha aperto una ragazza italiana. E' italiano anche lei, vero? Senta questa storia qui. Questa ragazza si è fatta tutta da sola, come ai vecchi tempi, e in dieci anni ha tirato su un impero. Adesso a Londra la chiamano *la regina dei cupcakes*. C'era la sua intervista sull'Evening Standard. E la sa la cosa più bella qual è? Dice che il nome della pasticceria è in onore di suo padre. Quell'uomo deve essere proprio orgoglioso di lei, mi creda!'

Antonio si appoggiò al bancone mentre l'altoparlante gli rimbombava per la seconda volta nelle orecchie.

'Si sente bene?'

'Si grazie.' le rispose esitante.

'E dove si troverebbe questa famosa pasticceria?' aggiunse con un filo di voce.

'A Carnaby Street. Guardi è facilissimo: prende la Victoria Line, sono solo due fermate. Scende a Oxford Circus e se la ritrova a un paio di minuti a piedi. Non può sbagliarsi, vedrà che se chiede la trova. La conoscono tutti!'

Il vecchio ragioniere se ne andò via da quel chiosco senza neanche salutare, come se improvvisamente gli fosse calata addosso tutta la stanchezza del mondo. L'altoparlante annunciò a gran voce per la terza e ultima volta il suo treno, e lui guardò l'orologio. Erano le sette meno cinque, appena il tempo di avviarsi verso il binario.

S'incamminò malvolentieri, come se ogni passo gli pesasse più del piombo. E altrettanto malvolentieri attraversò i tornelli e si piazzò sulla banchina ad aspettare che il treno aprisse le porte. Il controllore alzò la sua paletta e i vagoni presero a correre verso l'aeroporto.

La *Premiata Ditta Antonio Esposito* stava aprendo i battenti proprio in quel momento, puntuale come lo era sempre stata sin da quando era ancora uno sparuto negozietto tra tanti, tirato su con mille sacrifici una decina di anni fa da una ragazza italiana a Londra con una smodata passione per la pasticceria.

Antonio era ancora fermo lì sul binario quattordici nella stessa posizione di prima, a guardare il suo treno correre via. Non aveva nessuna espressione particolare sul volto, e non c'è dato sapere cosa provasse o pensasse in quel momento fatale. Sappiamo solo che si scrollò la giacca con il suo solito modo di fare, ma questa volta non si curò del fatto che le maniche gli erano rimaste leggermente arricciate. Per una volta sembrava meno ordinato del solito mentre attraversava la stazione nel senso contrario da cui era venuto, e rinunciò persino a raccogliere un pacchetto di patatine che aveva fatto cascare quando era passato di nuovo rasente al chiosco di prima.

L'ultima volta che lo videro stava inforcando le scale della metropolitana per sparire nella Victoria Line. Ormai incedeva a passo spedito, e allo stesso modo attraversò i tornelli e salì sul vagone che lo avrebbe portato a Oxford Circus. Senza voltarsi indietro, nemmeno una volta.

Perché come gli aveva detto qualcuno, *indietro non si torna, neanche per prendere la rincorsa.*

Epilogo

Il lunedì successivo era notte nel suo guardino e lui aveva appena finito di lavorare.

Una fatica immane.

Si fermò soddisfatto e diede un saluto alle stelle, che gli avevano tenuto compagnia per tutto il tempo. Nel loro cielo color dell'indaco, gli sembravano milioni di occhi che osservavano benevoli il frutto del suo duro lavoro.

Guardandosi intorno vide che quello che aveva fatto era meraviglioso e il Gianni, se mai era lassù anche lui da qualche parte, ne sarebbe stato orgoglioso. Era vecchio, ormai, e gli tremavano le mani. Ma si sentiva ancora più vivo che quarant'anni prima. Raccolse tutte le forze che aveva e si piegò su quell'ultimo ramo. E mentre lo faceva cadere con un colpo di cesoie ad arte scoppiò in una fragorosa risata che riecheggiò in ogni angolo dell'Agro Pontino così che il Patriarca potesse sentire la gioia della sua passione, forte e chiara, ovunque si trovasse.

Proprio in quel momento una farfalla si posò sul ramo caduto. Non era una falena. Per quanto fosse impossibile a quell'ora di notte, era una farfalla vera, con tutti i suoi colori.

Fu la catarsi.

Pensò a Vera, se mai fosse esista davvero.

E a Viola, la sua Viola.

Anche per lui era finalmente arrivato il momento di rompere il bozzolo, uscire allo scoperto e prendere il volo. Non importava se sarebbe durato un giorno soltanto, valeva comunque la pena volare.

Perché non si è mai troppo vecchi per godere.

Ringraziamenti

Alla mia Famiglia,
a Graziella e Adriano,
agli amici preziosi,
a chi ha letto queste pagine prima di tutti,
a chi è entrato e uscito dalla mia vita
e a chi cammina ancora con me.

Alle illusioni e alla realtà dei fatti,
alle sorprese belle e inaspettate
e ai tiri mancini del destino.
A Londra, che odio e amo.

All'Araba Fenice e alla capacità
di risorgere dalle proprie ceneri.
Alla pazienza e alla costanza,
e alla forza dell'ironia e del sorriso.
Ai piccoli piaceri quotidiani
e alle persone goderecce come me.

A chi è riuscito a fare qualcosa
di grande della propria vita
e a chi ancora non sa che farci.

Scrivere un libro è un'avventura meravigliosa,
la devo a tutti voi. Grazie.

Grazie al Ted Talk di Larry Smith "Why you will fail to have a great career", che mi ha motivato e ispirato nella scrittura di questo libro.

Grazie a Stephen Sutton per il suo grande insegnamento di vita.

Grazie a tutti voi, innumerevoli, che mi avete aiutato in mille modi a realizzare questo sogno.

Last but not least, grazie ai Costa Coffee di Londra e ai ragazzi che ci lavorano, sempre gentili.
Adoro quei tavolini, si scrive così bene lì!

Un ringraziamento particolare va a Rosanna Divina, l'editor migliore di tutti i tempi.

La copertina è di Veronica Della Scala,
una vera artista.

A proposito dell'autore

Elisa Della Scala è nata a Roma e passando per Genova, Milano e Torino è approdata a Londra.

Ha pubblicato la raccolta di racconti e poesie *Destino Cane*, edizioni Il Calamaio.
La Regina dei Cupcakes è il suo primo romanzo.